叶樱与魔笛

〔日〕**太宰治** 等著

贾雨桐 译

人民文学出版社
PEOPLE'S LITERATURE PUBLISHING HOUSE

图书在版编目（ＣＩＰ）数据

叶樱与魔笛 / (日) 太宰治等著 ; 贾雨桐译 .
北京 : 人民文学出版社, 2024. -- ISBN 978-7-02
-018869-7

Ⅰ . I313.45

中国国家版本馆 CIP 数据核字第 20245DR133 号

责任编辑　卜艳冰　张晓清
封面设计　李苗苗

出版发行　人民文学出版社
社　　址　北京市朝内大街 166 号
邮　　编　100705

印　　刷　上海盛通时代印刷有限公司
经　　销　全国新华书店等

字　　数　133 千字
开　　本　890 毫米 ×1240 毫米　1/32
印　　张　5.5
版　　次　2024 年 8 月北京第 1 版
印　　次　2024 年 8 月第 1 次印刷

书　　号　978-7-02-018869-7
定　　价　35.00 元

如有印装质量问题，请与本社图书销售中心调换。电话: 010-65233595

目　录

堂姐妹

宫本百合子 / 著

大约二十一二年以前，在筑地一带有一所名叫 S 的女校。这所女校的一年级有两个女生，一个叫政子，一个叫芳子。接下来，我要讲述的就是她们和她们的朋友友子，这三个人之间发生的故事。

　　政子和芳子是一对堂姐妹，从上小学开始她们就一直住在一起。政子的父亲是一个出色的学者，但不幸体弱多病而英年早逝。父亲去世后没多久母亲也去世了，整个家就只剩下年幼的政子一个人被孤苦伶仃地留了下来。于是，政子的伯父伯母——也就是芳子的父母——就把政子当做自己的亲女儿一样抚养了起来。

　　政子与芳子一起长大。她们同一年从小学毕业，又在同一年进入同一所女校，两人的关系极为亲近。

　　芳子知道政子身世凄苦，所以非常同情她，平时也总是在方方面面给予照顾，希望她能过得开心，过得幸福。

　　两人年幼的时候并没有发生过什么不快，生活一直很平静。然而随着年龄的增长，他们知道了很多从前一无所知的事情。以前从未感到哀伤的事，现在却突然变得无比哀伤；以前从未觉得美丽的花，现在却莫名觉得美丽至极。每个人都会经历这种时期，而政子和芳子渐渐地也到了这个年龄。

　　"自己是孤儿"这件事，政子一直以来并没有太放在心上。然而现在，她一想到这件事，就会感到强烈的寂寞和痛苦。诚然，失去了父母是一件极其不幸的事。可是，无论再怎么哭泣、再怎么愤怒、再怎么幻想他们还活着的样子，死者终究无法复生。

　　父母与孩子之间，即使一方已不在人世，双方的纽带也绝不会因此断绝。想到可爱的女儿从此就是孤独一人，政子的父母离开人世时该有多伤心！而与此同时，他们肯定也打心底希望即使没有父母在身边，政子也能好好长大，成为一个正直善良、拥有敬神之心的人。他们的爱和愿望全部都刻在了政子的心中。

即使是树木又何尝不是如此呢？老树寿尽崩倒在地之后，旁边又会长出新绿的树苗。更何况，人心这种东西比树木花草之类还要微妙复杂得多。

所以对政子而言，越是想念已经离世的父母，就越是应该让他们留下来的善良之心在自己身上生根发芽，努力使自己成长为一个真正出色的人。这才是她最应该做的事。

可是，政子并不这样想。在意识到自己悲惨的身世之后，她开始企盼友人的怜悯。

她希望朋友们这样对她说：

"政子真可怜，父母都不在人世了……真是让人同情……肯定很寂寞、很痛苦吧。"

心里这样一想，政子突然就觉得似乎整个世界都充满了悲伤和痛苦，仿佛所有人都变得可憎起来。

所见之物和所感之物是什么模样，其实全取决于人当时的心境。政子处在这样的情绪之中，她所看到的，她所感受到的，自然而然也蒙上了一层哀伤的色彩。这一天也和往常一样，一到午休时间，政子就一脸寂寞地来到了教学楼背后的草地上。

这所学校很大，在教学楼的后面有一座小丘，小丘上长满了一年四季都郁郁葱葱的老栎树。

天气晴好的时候，无数的叶片在阳光下闪闪发亮，刚发芽的嫩草在风中摇曳，隐藏在枝桠之间不见身影的鸟儿们则叽叽喳喳地开始欢乐的合唱。耀眼的太阳，翠绿的大树，快乐的小鸟，一切都是那么美好。

坐在万里无云的晴空之下，让自己置身于这些宁静事物的包围之中，是政子最喜欢做的事。

这一天，政子也一如往常地坐在那片草地上，呆呆地眺望着空中时现时隐的白云。突然，有谁拍了一下她的肩膀。她惊讶地回过头一看，站在那里的竟然是友子。

"啊，友子！"

"这里可真暖和……不过你怎么一个人在这里？芳子呢？"

"芳子？芳子在那边。"

"她为什么把你一个人扔在这里啊……政子，这话你可别说出去啊，我其实不喜欢芳子，她这人有些刻薄。"

政子略显惊讶地望着友子的脸。

友子梳着当时时兴的发型：刘海垂在额前，后面的头发结成一束，上面还插着一支鲜红的大珊瑚簪子。她歪了歪涂着口红的嘴唇，问道：

"你怎么想？"

友子想知道政子的态度。

从小时候起，政子和芳子就像亲姐妹一样在一块儿生活，她们对于对方的了解自然远胜友子。政子心里明白，芳子平时很照顾她，也一直是她的好朋友。现在芳子没有在这里，只不过是因为她今天值日，需要帮老师搬运下一堂理科课上使用的标本。政子知道，自己应当告诉友子，芳子是一个善良的女孩。可是，此刻友子那双大眼睛凝视着自己，仿佛在说，其实你一定也是这么想的。在这样的情境下，政子突然莫名地变得软弱起来，她感觉难以启齿说出自己的真实想法。

"这个……我也不知道。"

政子的耳朵微微泛红。

"你这可就见外了哦，政子。你们一直住在一起，怎么可能不知道呢？听说她是以优等成绩从小学毕业的，当时致谢辞的就是她？这是真的吗？"

"没错。芳子真的很优秀。"

"所以才那么不可一世。哎呀……呵呵呵……"

友子发出了令人不快的笑声，政子比刚才更加吃惊了，不由得瞪大了双眼。

"整个班上啊，我最讨厌的就是芳子了。裁缝室旁边不是有棵南天竹吗？之前我们在那下面闲聊的时候，我随口问了芳子一句'你为什么到这所学校来'，你猜她怎么说？"

友子偷偷摸摸地瞥了瞥旁边，接着说：

"她竟然说是为了成为大学者！学者哦，政子，呵呵呵呵。所以我就跟她说，女人怎么能当学者，太可笑了。结果芳子突然摆出一张认真的脸，反问我为什么要进这所学校。"

"你是怎么回答的？"

"我？我大声地告诉她，我进这所学校是因为在这里穿漂亮的和服也不会被骂。"

"然后呢？"

"然后芳子一下子就生气了，还说什么学校是学习的地方，不是显摆和服的地方……她这人可真是古怪。"

政子觉得芳子是对的。学校本来就不是用来给绸缎店打广告的地方。友子比其他同学大两岁，家里非常有钱，上下学都有两个车夫接送，她也是全班最喜欢穿和服的人。

"我父亲毕竟是全日本屈指可数的富豪，我像成年人一样多花点儿钱又有什么关系？"

友子认为，人生在世，花费大量金钱来享乐才是最幸福的。也就是说，在友子看来，穿着全班最华丽和服的人，内在也一定是全班最优秀的。可是，友子真的有那么优秀吗？

"所以我才讨厌芳子。她对你肯定也不怎么样吧？她在心里肯定看不起你。政子，你就大胆地说出来吧，说她其实对你并不好。"

"对我不好……也没有吧。"

"是吗？"

友子把罗纱和服的长袖垂到紫色的袴裙前，一脸怀疑地看着政子。

"你就从来没有觉得难受过吗？会不会有的时候只有你被骂，她却什么事都没有？芳子是她父母亲生的，你又不是……我真觉得你很可怜。因为你经常说自己的母亲是继母，你很痛苦，所以我才同情你呀。"

被友子这么一说，政子突然感到自己陷入了难以忍受的悲伤和寂寞之中。

政子并不觉得芳子对她不好，在那个家里也没有谁欺负她，但是她的内心确实很痛苦。看来的确如友子所说，我是一个不幸的人——想到这里，她的内心又莫名涌起了一股哀伤寂寞。

不知不觉间，政子开始享受起"被友子同情"这个状态了。在对方的同情之下，政子终于两眼含泪地说道：

"确实有过很不开心的事……"

"我想也是。"

友子若有所思地歪了歪头，然后温柔地抚摸着政子的手说：

"政子，我们以后就是好姐妹了。我会尽力关照你，让你不那么痛苦。说起来，就连我母亲都很同情你呢。"

政子不知道眼前这位年纪比自己大的好友为什么要对自己说这些。但是，无论是谁，在遇到关心自己、同情自己难处的人的时候，总是会感到开心的。

虽然和一个说芳子坏话的人成为好朋友这件事让政子感到有些过意不去，但她仍然抑制不住内心的喜悦。

而此时，帮老师搬标本的芳子正在理科标本室和教室之间来回跑，根本不知道政子和友子之间有过这样一番对话。

可是，就算不知道这些，对芳子的生活又有什么影响呢？无论别人说什么，芳子就是芳子。她仍然一如既往地努力学习，同时尽可能去关心照顾可怜的政子，还努力处理好与所有朋友的关系。她打算把老师教给她的那些正确的事全都付诸实践。

所以，当听到老师说"坐下时不要弯着背，对体态不好"的时候，她就会立刻挺直脊背；在知道不能说别人坏话、不能只关注别人的缺点之后，她就时刻在心里提醒自己绝对不能那样做。

芳子知道，人就应该像花与鸟、天与地一样，互帮互助，各自磨炼自己的长处，幸福友好正直地生活下去。

然而，某一天第五节的地理课后，芳子正和同学们一样准备回家，一个勤杂工突然带来了班主任的口信，让芳子回家前去办公室一趟。说完，勤杂工就摇着他那圆圆的秃头走出了教室。

"到底有什么事呢？"

抱着书包的芳子不由得自言自语道。她不知道为什么老师会叫她去办公室。奇怪的是，没有做错任何事的芳子即使像这样被叫去办公室，也丝毫没有感到不快。

收拾好包裹之后，芳子对政子说："你先回家吧。"

然后，她走进了老师的办公室。

老师坐在桌子的另一边读着什么书。一看到芳子进来，他便从椅子上站起身，打开旁边的门，说：

"我们去那边聊吧。"

那个房间平时并不使用，只在供参观者小憩，以及教师们开一些小型会议时才会用到。

在没有人的地方谈话，多半是因为接下来要谈的内容不适合让别人听到。

老师请芳子在椅子上坐下，然后换了一副较为郑重的口吻说道：

"三田同学，政子同学现在是和你住在一个家里吧？"

"是的。"

芳子和政子是同一个大家族的人，因此两人的姓氏都是三田。

"你们是堂姐妹对吧？政子同学的父母是什么时候去世的？"

"当时我还很小，所以记不太清，不过应该是在她三四岁的时候。"

"真是太可怜了。她身世不幸，但你是有亲生父母疼爱的，所以你要尽可能去关照她。"

之后老师又告诫芳子，在学校成绩好并不代表一切，被人夸奖聪明的时候也切不可骄傲自满。若因此而看不起那些不幸的人，那才是可耻的。

在谈话的最后，老师对芳子说：

"你很优秀，懂得也很多，但是千万不要欺负政子同学。"

芳子惊呆了，不由得抬起头来望着老师的脸。

谁会欺负那么可怜的政子？如果真的有那种人，芳子一定会第一个站出来指责对方。

芳子斩钉截铁地说：

"我绝不会欺负她。"

"我也觉得你不会，不过平时还是要多注意。"

说到这里，这场谈话终于结束了。

然而之后，芳子遇到了很多莫名其妙的事情。

友子时不时地会对芳子冷嘲热讽，还会突然把正在和芳子一起玩的政子拉走，一边拉一边说：

"原来你在这里啊，过来和我一起玩吧。"

后来独自回想起这些的时候，政子觉得自己确实很过分。她知道芳子肯定会感到很寂寞，但是在别人邀请她去玩的时候，她没有勇气大声说：

"把芳子也叫上，大家一起玩吧。"

既然在学校里都说不出口，回到家之后政子就更找不到机会说这些话了。只要在友子和友子那一大群好朋友面前，政子总是会做出违心的事来。

正如政子的猜想，芳子的确感到很寂寞。其实如果只是政子被别人抢走，芳子还不会这么难受。芳子之所以觉得难受，是因为她想到，自己之前对政子百般照顾，政子可能还反过来觉得她别有用心呢。

芳子不是个喜欢饶舌的女孩，所以这些事她没有对任何一个朋友提起。但是，芳子当时真的是手足无措。当然，只要把这些事告诉母亲，一切就都真相大白了。然而正如前面所说的那样，现在是芳子的父母养育着政子，如果自己因为和政子之间的误会到父母那里去告状，以后政子还怎么在这个家待下去？她本来就是孤儿，已经够可怜了。所以，基于种种顾虑，芳子并没有把这些事情告诉母亲。

二十多年前的女校，有很多在我们这个年代的人看来完全无法理解的阴暗面。

可悲的友子因为家里富有就骄傲自满、不可一世。由于芳子说了让她不开心的话，她怀恨在心，为了报复对方，她便唆使政子远离芳子。

人在冷静思考的状况下，通常都能够正确区分善恶，并且以此为基准来决定自己应该做的事。然而，如果身处人群之中，抑或是有朋友在一旁，这时如果别人说了一些逆耳的忠言，即使我们知道那是正确的，也很难去老老实实地照做。

见芳子只是独自忍耐，任性自私的友子就得寸进尺，整整两年间都在挑拨芳子和政子的关系——直到她从这所学校退学。

可是芳子一直都坚持自己的信念，从头至尾都一如既往地善待政子，无论她自己有多悲伤难过，也无论政子是否领情。

以善意待人，并不是为了获得他人的褒扬，也不是为了得到他人的感谢。

人总是会克制不住做善事的冲动，这大约是人诞生于世的时候就被赋予的特质。而只要一直将其坚持下去，善意迟早有一天会开花结果，谁也无法将其摧毁。无论友子如何固执地从中作梗，最终胜利的还是善良的芳子。

第二年的期末典礼结束后，回到家的政子连袴裙都没换就直接去了芳子的房间（在学校待了两年的友子此时已经退学）。

政子在芳子面前坐下来，真诚地说：

"芳子，请原谅我。"

芳子刚才一直在看从学校领回来的修学证书。听到政子的声音，她抬起头来。

"真的非常抱歉。之前我做了太多对不起你的事，我知道我不该那样。是友子她……"

"没关系，没关系的，政子。我并没有往心里去，只要你没有误会我的好意，那就够了。"

现在，芳子彻底了解了政子的真实想法。

"政子，今后我们还是好姐妹。"

不知不觉间，两人的眼里都噙满了泪水。她们相视而笑，心中充满了喜悦和幸福。

当人与人之间真的做到了相互理解、相互信任的时候，人的心灵就会如晴空一般澄澈明净。

政子和芳子一同游玩起来，仿佛又回到了两个人的小时候。

亲密无间的两人肩并肩，气氛轻松又愉悦。暖黄色的阳光照进房间，将她们的影子清晰地映在雪白的隔门之上。

两个少女

国木田独步 / 著

上

夏初之夜，月光洒满了街头巷尾。此时约莫晚上十点。在位于芝的琴平社背后的护城河边，一个十八岁左右的少女从赤坂方向走来，她低垂着头，一副心事重重的样子。绳带松垮的女式木屐与地面不断碰撞，发出咔哒咔哒的声音。

走过一条阴暗小巷，再钻过一根挡车的横杆，就来到了琴平社外的中门大道。这一带是冷清的小町，说是大道也不过只有两间 ① 宽。街上只有一幢二层小楼门前还亮着一盏写着"产婆"的煤气灯，若是在没有月光的夜晚，整条街便是一片漆黑。每月的十日和二十日是琴平社的缘日，若是这两天，就多少会有一些人出入中门。而平时除非有事，没有谁会到这种地方来，街上几乎望不到人影。

少女走出小巷，默默环顾四周。此时，一轮明月高悬中天，月光照耀着街巷的每一个角落。南北走向的町内安静异常，甚至让人不禁怀疑此地是否无人居住。少女来到写着"产婆"的灯前的时候，听到从二楼传来微弱的婴儿哭声。她抬头望了望，又立刻把目光移向隔壁那户人家的二楼。

隔壁那幢二层小楼非常低矮，在一楼的屋顶和二楼的屋顶之间夹着一扇不过一间宽的窗户，显得颇为逼仄。窗前的屋檐阴郁地低垂着，在窗户纸上投下一片暗影。

少女来到这户人家的门前，停下脚步站了一会儿，然后抬头朝着二楼窗户轻声喊了一句"江藤"。已被煤烟熏得发黄的窗户此时

---

① 日本长度单位，1 间约等于 1.818 米。

正开着一条缝，从外面能看到有淡红色的灯光映照其上。

"江藤！"

见无人回应，少女又轻声喊了一次。

窗户被轻轻推开，一个年轻女孩的上半身出现在窗口。

"谁呀？"

"是我。"

"啊，田川。"

"找你有点儿事。你已经睡了吗？"

"哦，你先进来吧。还不到十点，没睡呢。"

"这么晚来打扰你，实在不好意思。"

少女显得有些过意不去。

二楼的女孩从窗口离开了。又等了一会儿，在一阵吱吱嘎嘎的声响之后，楼下这扇歪歪扭扭的百叶门终于打开了。

"进来吧，田川——哎，今晚的月色真美啊。"

开门的女孩今年十九岁。虽然外表略微有点儿显老，但身材苗条，五官颇有气质。她的头发束在一起，身上穿着一件已经洗得褪色的浴衣。

"平冈托我过来找你谈点儿事。就在这里说就行了。这么晚了，进屋去的话又不知道要打扰到什么时候……"来访的少女笑着说道。她没有看对方的脸，仰头望着天上的明月。少女身材娇小可爱，那双漂亮的眼睛与圆圆的脸相得益彰。

"我大概能猜到是什么事，不过可能要聊挺久的，你还是进屋来吧。"

"好吧。其实本来可以下班的时候就顺便过来的，但不巧家里突然有急事……"

两人说着话便一同进了屋。

一进门，首先映入眼帘的是一个修补木屐的工作间。房间一侧有很窄的楼梯。工作间和里屋之间有一道隔门，门打开了一半，但那个房间太黑，看不清楚里面是什么样子。

来访的少女面朝里屋轻声说道：

"深夜叨扰，非常抱歉。"

"没关系……"里屋有一个嘶哑的声音回应道。紧接着是几声咳嗽和用烟管重重敲打火盆边缘的声音。

"你看，这家里乱成这副模样，连个可以坐的地方都没有。"

女主人踩着吱嘎作响的陡峭木梯上了楼，然后开始收拾旁边的东西。

"将就着随便找个地方坐吧。手上突然有急活，实在是没时间整理房间……阿源，我把你的被子拉过来给客人坐一下。"

"不用不用，这样就行。阿源都已经睡了。"

来访的少女坐了下来，看了看躺在一边的那个九岁左右的男孩，脸上浮现出了温柔的微笑。

"姐姐，我要吃冰！"男孩微微抬起头，带着哭腔说道。

"你怎么这么喜欢吃冰？真是的，两三天前才发过烧呢。给，吃吧，"女主人从一个小盒子里取出两三片冰，盛在盘子里放在了男孩的枕边，"就这些了，明天再给你买。"

"他感冒了吗？"来访的少女担忧地问。

"都已经好啦。哎，挺热的，我把窗户打开吧。"

女主人打开了一扇窗，冰冷的夜风无声地吹进了闷热的房间。

"吹了冷风对阿源不好。我不怕热，快把窗户关上吧。"来访的少女仍然担心男孩的病情。

"没什么，房间里就是要通通风……你来找我是为了缺勤申请的事吧？"女主人稍微有些烦躁地将了几下从前额垂下来的发丝，往前探了探身子，小声问。

"对。之前你提出的缺勤申请只有五个星期的期限，现在已经到期了，平冈说必须决定之后怎么办，就让我来找你问问……因为明天上午我会去局里……"

"这样啊。说实话我也不知道该怎么办……原来都已经过了五个星期了……"女主人叹了一口气，"那平冈那边怎么说的？"

"她倒是什么都没说，只是担心你会不会就这样辞职不干了。你是怎么打算的？"

"唉，其实我也正愁着呢。"女主人又叹了口气。

来访的少女静静环视四周，然后像是突然想起什么似的，刚才还满是担忧的脸上一下子堆满了明朗的笑容。她换上一副略显正式的口吻，小声说道：

"其实我还有一件事情想要问你。"

"什么事？"女主人面带笑意地轻声应道。其实，她心里似乎也多少有数了。她盯着来访少女的脸看了看，又悄悄瞥了眼在旁边床上熟睡的男孩，默默地把男孩露在被子外面的手臂塞了进去。

"那我说了你可别生气啊。"来访的女孩有些尴尬地笑笑，似乎觉得接下来的话很难说出口。

"我大概能猜到你想问什么。你说吧，我不会生气的。你不用那么夸张。"

女主人脸上还挂着羞怯的笑，但她已经看穿了对方心里犹豫不决的想法。

"确实不太好说出口……不过你应该已经知道我要问的事情了。"

"你是想打听我做妾的事吧？"

说这话的时候，女主人的声音有些许颤抖。

下

　　这两个少女都是东京电话交换局的接线员。女主人名叫江藤阿秀，来访的少女名叫田川阿富。作为接线员，两人都非常熟练，但阿秀进入交换局才两年，现在只拿着每天十五钱的微薄薪水。

　　阿秀的父亲在东京府上班，每月薪水三十五圆。江藤夫妇有三个孩子，阿秀是长女，另外还有妹妹阿梅和弟弟源三郎。家中的经济状况还算过得去。阿秀从高等小学毕业后，一边在家里练习裁缝，一边挤出时间看书学习。然而就在三年前，母亲突然患病，仅仅三个月就撒手人寰。一家人还没有从悲伤中缓过气来，接着父亲又病倒了，两个月后就随妻子而去。三个孩子在半年的时间里就失去双亲成了孤儿，仿佛是被赤裸裸地扔在了这个世界上。

　　之后，独居的祖母被一户好心人家接过去照顾。所幸电话交换局当时刚好在招募接线员，阿秀一下子就找到了工作。之后三姐弟也找了个地方一起安顿了下来。不过，仅凭阿秀的薪水和做裁缝挣的钱并不足以养活三个人，平时多少还是要依赖这家好心人的资助才能勉强维持生计。阿秀的辛劳是世间普通女孩难以想象的。她四处寻找，好不容易租到一处便宜的房子，之后每天去电话交换局上班。如果是上午值班，下午就做裁缝的兼职；如果是下午值班，那就上午做裁缝的兼职，没有给自己留下一点儿休息的时间。白天要送弟弟去小学、教妹妹做针线活，晚上还要监督弟弟复习功课，做饭洗衣全都是她一个人。

　　其后物价逐渐高涨，阿秀三姐弟的生活也越来越困难，局里的同事们都在私下议论阿秀今后该如何是好。然而阿秀本人却一直表现得若无其事，总是穿得干干净净的来上班。同事们觉得有些奇怪，渐渐地，其中有一部分人由此联想到社会上很常见的某些人，就开始私下传一些关于阿秀的闲话。

从一个半月前开始，阿秀就完全不到局里来上班了。一开始她请了一周的病假，这是在规定允许范围内，不需要提交诊断书作为证明。之后她又提交了诊断书并且缺勤五周。而五周过去之后，阿秀不但没来上班，连缺勤申请都不交了。没过多久，不知是谁开始到处说江藤去做了别人的妾。这下子同事们炸了锅。很快风言风语便传到了阿秀的上司技术官平冈耳朵里。因为田川阿富是一干同僚里与阿秀关系最亲密的，平冈就派她来打探一下阿秀的情况，并且让阿秀给个确切回复，到底要不要离职。

打从阿秀缺勤在家起，阿富也跟她见过两三次面，对她的情况多少有些了解，所以并没有相信那些奇怪的传言。然而到了后来，阿富心里也拿不准了。因为她老早就知道，阿秀的祖母其实算不上什么好人。

不过现在，她看到阿秀的这副样子，心中的疑虑就消除了一大半；再看看房间里这个家徒四壁的模样，她已经完全不怀疑阿秀了。

只要看看这个房间，阿秀的日子过得有多苦一目了然。因为房间里本来就没有橱柜，所以阿秀的衣服一直都装在两个藤条箱子里，放在房间的角落。然而现在，那两个箱子都不见了踪影。再看阿秀身上这件浴衣早已洗得发白，看得出她已经没有别的衣服可以换了。房间有六张榻榻米大小，楼梯占了其中六分之一，实际上就只剩五张榻榻米。而且既然是连橱柜都没有的房间，那自然也没有床和小柜子之类的东西。

房间的天花板很低，地上的榻榻米也是黑黢黢的，四面墙上只有西墙中间有一扇一间宽的算是像点样的窗户，至于东面墙上，只能算是有个通风口。肮脏沉闷的气氛笼罩着整间屋子，让人难以相信居然有人能在这里住下去。

充当食器柜的是一个外面写着"账簿函"的长方形箱子，上面放着两合 ① 的酱油瓶和一个灯油罐子；箱子前面有一个涂漆小餐桌，餐桌上盖放着三四个碗碟；在那旁边有一个煤炉，炉子上架着一个表面坑坑洼洼的水壶。煤炉和餐桌的背后放着一口砂锅，锅里有一把饭勺。看到那口锅，自然也就明白为什么房间里没有专用于盛饭的饭桶了。

除此之外，在角落里还有一个布包，旁边放着源三郎在学校用的文具——整个房间里的家当就只有这么多了，这就是阿秀的全部财产。源三郎睡觉用的被子看起来也是破烂不堪，而就连这样一条破被子，也是姐弟共用的。看到眼前这番光景，谁还会相信阿秀去做了别人的小妾呢？一个愿意出卖节操来换取金钱的女人，怎么可能会穷到这个地步？

"江藤，其实我自己是绝对没有把那种传言当真的。只不过因为大家一直在说，我才有点儿动摇。你千万别生气啊。"阿富的声音也有点儿颤抖，言语之间带有一丝内疚。

"我怎么会生气呢。你能来，我真的非常开心。局里的人在传闲话这事我多少听说了一些，但是我这种情况，也怪不得别人会误解。"

阿秀伤感地叹了一口气。

"为什么这么说？我真的对这些人很气愤。他们明明没有自己来了解过情况就到处说些有的没的。"

"其实我也有些生气，但是他们那么说也不是没有原因的。你

———————————
① 1合等于180毫升。

也知道，我祖母她……"

话说到一半阿秀又把嘴闭上了。她泪眼婆娑地注视着阿富。

"是你祖母跟你说了什么吧？你真是可怜……"阿富也眼含泪水。

"毕竟是我的祖母，有些事我也不好意思到处去说……你还记得你上次来的时候她说了些莫名其妙的话吧？十天前她又从小石川过来找我。虽然没有直说让我去做妾，但她跟我说，只要我稍微改变一下想法，阿梅和小源都有好衣服穿、有好东西吃了……"

"所以还是让你去做妾？"阿富用袖子擦了擦眼眶，瞪大了双眼问道。

"倒是没有明说让我做妾，只是旁敲侧击地告诉我，虽然大家都觉得妾很不好，但起码比艺伎好得多，毕竟是找个固定的男人做丈夫……这都是什么话啊……我很生气，就回了一句'这不就是卖身嘛'。你猜她怎么说？她竟然说为了祖母和弟弟妹妹卖一下身又怎么了……"

"她居然说这种话！"

"我现在确实穷困潦倒，但无论如何我也不会去做妾的。那么不要脸的事我怎么做得出来？当时我都气哭了。我斩钉截铁地对祖母说，无论发生什么我都不会做妾，至于弟弟妹妹，我会拼尽全力照顾好的。之后我觉得还是专心做裁缝活要好一些，暂时就没有去局里上班。不过现在看看，如果所有时间都花在局里，事情时有时无的，实际上也没那么多工作需要做；而如果一直待在家，就总忍不住要去照顾弟弟和妹妹，时间不知不觉也全部花掉了。所以我现在想，要不还是每天去上半天班吧。"

"那阿梅怎么办？"阿富疑惑地问。

"现在我一个人确实没法照顾三个人的生活，又不好意思去拜托小石川那边，所以就让阿梅出去工作了。前天她才到东家那边去。"

"是在哪里工作？"

"挺近的。就在日荫町的一家旧衣店。"

"是去那边帮厨吗？"

"是的。"

"真可怜……阿梅才十五岁吧？"

"我也很心疼啊，但是阿梅留在我身边也只有苦日子过。我觉得她只是运气不好，在这种家庭中长大，但这都是暂时的，现在她也该出去看看外面的世界了。所以我才狠下心让她出去工作，希望她能坚持下来吧……你看现在小源又是这副样子，我一边缝着他的衣服一边胡思乱想，几乎都要哭出来了。为了分散注意力，我就开始哼歌。"

"我看，你还是来局里上班吧。忙着忙着就把这些伤心事都忘了。"阿富一脸认真地建议道。

阿秀叹了口气，脸上浮现出落寞的微笑。"你说得对。帮人转接电话，一遍又一遍地报着番号，不知不觉间一天就过去了。"

说完，她发出了"呵呵呵"的轻笑。

"女孩子的工作还不就是这样？"阿富也"呵呵呵"地笑了起来。

这时，阿秀心中涌出了一种难以言喻的、似喜似悲同时又让人安心的情绪。

阿秀与阿富约定，自己从后天开始回到局里上班。然而这时，阿秀想起了自己的衣服，又陷入了困窘。毕竟电话交换局是个年轻女孩扎堆的地方，按阿秀的性格，她肯定不会穿一件看起来就跟睡衣差不多的衣服去上班。可是，她的两三件单层和服都拿去典当换钱了。毕竟同为女性，阿富一开始就察觉到了阿秀在为难什么。

"这种事情你别太在意……"

"没什么啦，我会想办法的。"阿秀的脸微微泛红。接着，她又"呵呵呵"地笑起来。

"但是你确实不知道该怎么办吧？明天我下班之后和母亲说一下这件事，四点左右再来找你。"

"太麻烦你了……"

阿秀两眼噙着泪，低下了头。此时，阿富又体验到了某种难以用语言表达的、悲伤却亲切的情感。

一来二去已是深夜。当阿富起身告辞的时候，房间里突然响起了铃虫的叫声。

"咦，有铃虫？"阿富环视四周。

"在窗户那边。是阿梅前几日去琴平买的，本来还说要带到工作的地方去……"

"毕竟还是小孩子嘛……"

阿富起身摸着黑小心翼翼地下了楼，阿秀也跟着她一起来到了屋外。月渐西沉，暗夜愈加寂静。

"我送你一段吧。"

"不用。出了那个路口，街上有很多人呢，"阿富笑了笑，"那么下次见。希望小源早点儿好起来。"

阿富正要走，阿秀还是不容分说地跟了上来。

"我把你送到护城河吧。"

两个少女肩并着肩，背影逐渐消失在了昏暗的小巷之中。

小巷的中间是一家面包店的后门。两人路过门口的时候，发现门半开着，能够清楚地看到屋里正在制作面包。刚烤好的面包发出阵阵诱人的香味，在门外也能闻到。面包师那娴熟的烤制手法也让人不由得想多看几眼。

两人在店门口停住了脚步。

"看起来应该很好吃。"阿富笑着说。

"现在做的应该是明天早上卖的吧。"阿秀也笑了笑，准备继续往前走。

"等一下。"阿富把阿秀拦住，然后朝着门里面说道，"我们想买点儿面包。"

门里面有一个三十岁左右的男人和一个十五岁左右的女孩，两人正在埋头烤着面包。听到阿富的声音之后，两人惊讶地望向门外。

"买多少钱的?"女孩不耐烦地站了起来。

"不好意思，就买这么多的。"阿富摸出一枚白铜硬币。不一会儿，女孩把用旧报纸包好的面包从门缝里递了出来。

"这个给小源吧。今晚刚烤好的，特意买给他。对了，小心烫。"阿富把面包交给了阿秀。

"实在太不好意思了……等他明早起床之后给他。"

两人来到了护城河边的大街。虽已是深夜，但毕竟还不到十二点，街上到处都还有人。皎洁的月光洒向护城河，朦胧的光影在水面摇曳。

"那就明天见了。晚安。希望小源早点儿好起来。"阿富彬彬有礼地行了礼，转身打算离开。

"太感谢你了。一定替我向令堂问好。那么明天见。"

本来是分别的时刻，两人却都站着不肯挪动脚步。

"你明天出门的时候能不能帮我带些花来? 什么花都行，我想去佛前献个花……"阿秀难为情地说。

"这个时节江户菊开了很多，我就带江户菊来吧。"阿富偏了偏头，莞尔一笑。

"对了，你那边有铃虫吗？"

"没有。怎么问起这个？"

"阿梅的铃虫这两天不怎么叫了，恐怕是快死了。我正愁该怎么办呢。"

"喂它黄瓜试试？"

"就是吃了黄瓜才变成现在这样的……"

两人正聊着，一个巡警从旁路过，狐疑地看了她们一眼，然后便走开了。她们也被警察吓到了，终于决定道别。

"再见……"

"再见，你也赶快回家吧。"

阿富急急地朝着赤坂方向走去，阿秀默默目送着她的背影消失在夜色之中。

阿末之死

有岛武郎 / 著

近来，阿末不知道从哪里学来了"不景气"这个词儿，还整天把它挂在嘴边。

"最近太不景气了，我哥哥也苦恼得很呐。而且啊，仅仅是四月到九月我家就办了四场葬礼。"阿末对朋友如此说道。

阿末不过是个十四岁的小女孩，说这话时的语气倒是颇显得成熟。不过在旁边听她说话的人，看着她那张平坦如面具而且中间还略微下陷的脸，还是会忍不住笑出来。

当然，阿末并不十分清楚"不景气"三个字到底是什么意思。只不过附近的人互相打招呼寒暄的时候都会说到这个词儿，久而久之阿末便觉得，如今就时兴这么说。近段时间，总是埋头干活的大哥鹤吉一直神色阴郁，有时甚至在吃过晚饭之后仍然摆着一张臭脸。阿末还看到过有那么几次，母亲在洗碗池前剖鱼，本来把鱼杂摘出来放在一边准备拿去喂小黑，但一会儿似乎又改了主意，将那些鱼杂也一块儿扔进锅里煮了。每当这种时候，阿末都会莫名感到一阵心酸，同时觉得仿佛有谁在后面紧紧追赶她似的。然而即使如此，她也还没有真正意识到自己看到的这些事跟"不景气"到底有什么紧密关联。

从四月开始，阿末家里的人就一个接一个地撒手人寰。第一个去世的是久病不治的父亲。父亲因为半身不遂卧床一年半，给这个仅仅经营着一家小理发店的家庭带来了巨大的压力。每次大哥与光顾的客人寒暄时都会跟人家说，全家当然很希望父亲能活下去，但毕竟他年纪大了，凭这个身体状况什么也做不了，其他人又根本不可能腾得出手来照顾他，再这样下去也是活受罪。父亲素来在家里都是一副不可一世的样子，生病之后更是变本加厉，整天就拿家里人撒气。某一次，小儿子阿哲听母亲发了牢骚，之后便学了那话拿去取笑父亲，说了句"爸爸好讨厌"，卧病在床的父亲一听，像个没事人似的立马从病床上跳了起来，之后家里人你瞪着我我瞪着你，一整天的气氛都异常紧张。而父亲一去世，大家那颗悬着的心就放了下来。一直以来让人抓狂不已、烦躁不止的那个喘息声消失之后，阿末竟觉得心里空落落的。她想再摸一摸父亲的背。雪化之后地面变得泥泞不堪，晴空万里无云，天气暖和了起来。几只风筝飘荡在空中，仿佛镶嵌在蓝天上的几扇窗户。就是在这样的一个下午，父亲的遗骸从小小的店门口被抬了出去。

第二个去世的是二哥。二哥当时只有十九岁，身体非常差，没有力气像父亲那样闹别扭，以至于阿末平时都搞不清楚这个哥哥到底是在家还是不在家。在外面玩太晚了回家的时候，阿末都会做好被家里人责骂的准备。每当这时，家里有哪些人在，甚至这些人是以什么姿势坐着的，她都摸得门儿清，但她唯独就是搞不明白这个二哥到底在不在家。不过话又说回来，二哥在不在家并无什么区别。只要家里的谁稍微拉下脸来，二哥似乎就觉得是与自己有关的，接着就不知道藏到哪儿去了。他患上脚气病之后才不过两周，脸就已经肿得连眼睛都睁不开了。而当他最终死于心脏麻痹的时候，家里人甚至都没有察觉到。体格孱弱的哥哥死的时候却肿成了一个大胖子，阿末觉得这倒是很滑稽的一件事。在二哥死后的第二天，阿末又开始一如往常地逢人就说什么"不景气"了。那时正值六月中旬，阴冷的梅雨下个不停。对北海道而言，这算是非常稀奇的天气了。

二

八月中旬刚过，暑气突然向北国袭来，阿末家的店里也比之前热了不少。一大清早，隔壁的澡堂就传来一阵敲打浴池木塞的干涩响声，将人们从美梦中唤醒。东京相扑的画报上醒目地写着"晴天连赛五天"的广告语，吸引了附近一群少年少女的目光，阿末也不例外。除此之外，还有札幌剧场菊五郎戏班的宣传单，狭窄的店面里也贴着不少电影海报。父亲去世之后，大哥凭借自己的本事把店面整修了一番。店门被漆成了蓝色，招牌前吊挂起了一盏写着"鹤床"两个红色大字的圆形灯笼。店面的这番变化让阿末感到非常自豪。因为店里已经用上了电灯，阿末今后再也不需要去干那些令人讨厌的清理煤油灯的活儿。尽管今年多了个浆洗的活儿要干，但阿末只是欣喜于眼前的变化，并不在意自己需要干什么。

"我家已经拉上了电灯，非常亮，家里以后再也不需要清理油灯了。"

阿末在一群小女孩中间大肆吹嘘。

在阿末看来，父亲去世之后，大哥一下子就成了家里的顶梁柱。店里的活儿，无论是刷油漆还是拉电灯都是他一个人揽了下来，阿末觉得这个哥哥实在是太可靠了。家中的大姐嫁给了附近的木匠，现在已经有了一个两岁的孩子，甚是可爱。大哥把大姐为他织的棉缎束袖带①紧紧系在身上，活动着他那小巧的身板，勤勤恳恳地干着活。阿末的弟弟力三今年十二岁，长得跟家中的哪个兄弟姐妹都不像，几乎胖成了一个球。他穿着高齿木屐灵活地在店内穿行，时而为这个客人清理头屑，时而给那个客人拨开头发。到了夏天，来店理发的顾客越来越多，一直到晚上店里都很热闹，甚至到了半夜三更仍然能听到笑声和将棋落子的声音。大哥为客人服务时显得颇为生涩，看起来实在不像一个理发师，不过客人们倒偏偏喜

———————

① 身着和服时为了便于劳作，将袖子系在背后所用的带子。

欢他这种态度。

在全家人都忙活得热火朝天的时候，唯独母亲一个人闷在家中什么也不干。丈夫去世之前，她一向都是不辞辛苦、任劳任怨，即使病人提了什么过分的要求，她也从不抱怨，而是立刻设法去满足病人。然而，卧病在床的丈夫对她的操劳却表现得很是冷淡。后来病死的二儿子来照顾他时，他倒是显得更开心些。或许母亲的性格里有一些冷漠的地方，所以她反而特别喜欢性格如火炉一般热情亲切的人。家里的孩子，她最喜欢的是胖滚滚的力三，其次便是阿末。至于两个哥哥，她就比较疏远了。

父亲去世后，母亲仿佛变了一个人似的，这些阿末都清清楚楚地看在眼里。她以前是一个遇事不惊、城府很深的刚强女人，近来却变得瞎操心、瞎抱怨、喜怒无常了起来，对人对事也愈加挑剔。有时她无端迁怒于大儿子鹤吉，那场面连阿末都看不下去。阿末虽受母亲宠爱，却并没有那么喜欢母亲。偶尔她跟母亲闹别扭，甚至会惹得母亲暴怒不止，提着火筷子追她追到店里来。阿末一溜烟地逃掉，在外面随随便便玩到很晚才回家，这时她看到大哥在店门口等她，而母亲则在起居室里懊恼地哭泣。她哭泣的原因并不是阿末，而是她觉得大儿子鹤吉还没有打理好家里的事就一心想着娶老婆。因为这件事，她把鹤吉骂得很惨。然而，她一看到阿末回来了，立马换上了一副要讨阿末欢心的模样。尽管快要吃晚饭了，她还是将在店里的力三和比力三更小的跛脚儿子阿哲叫进里屋，然后把她不知道藏在哪里的美味薄饼拿出来，分给了几个孩子。

即使如此，阿末家还是被很多近邻所羡慕。大家都说，阿鹤心肠好，干活又勤快，肯定很快就能把家里的店面从背巷搬到大街上去的。而鹤吉对别人或好或坏的评价都不在意，只是埋着头，勤勤恳恳地干着自己的活儿。

三

八月三十一日是第二次天长节 ①。开始的时候，鹤吉说居丧期间不宜庆祝，关了一天店，然后在家里搞了一次久违的大扫除。平时只要鹤吉一做事就出来挑三拣四的母亲这次竟然也认认真真地干起了活。趁着清晨的微凉，阿末和力三也兴致勃勃地加入到打扫的队伍里来。打扫柜子之类的地方的时候，时不时会偶然发现一些从未见过或者被遗忘了很久的物品。于是，阿末和力三就灰头土脸地把家里翻了个遍。

"快看！我找到一本阿末的绘本！"

"啊，这是我的！我就说哪儿都找不到呢。力三，快给我。"

"想得美。"

力三恶作剧般地拿着绘本在阿末面前显摆了一通，又故意不还给她。这时，阿末突然在柜子的角落里发现了三个盖着厚厚灰尘的玻璃瓶。其中一个大瓶装着透明的液体，剩下的一个大瓶和一个小瓶里则装着像是砂糖的白色粉末。阿末一下子把装着白色粉末的大瓶打开，捏了一小撮粉末假装放进嘴里，对力三说道：

"你看这个，爱捉弄人的小孩我可不给哦。"

这时，大哥鹤吉在他们身后发出了平日从未有过的尖声惊叫。

"阿末你在干什么！蠢货！你把这东西放进嘴里了？真的？"

大哥的这副样子实在太可怕，阿末只好老实交代，说自己只是装作把粉末放进了嘴里。

"那个小瓶子里的东西哪怕吃进去一丁点儿，立马你就会没命。

---

① 庆祝天皇诞辰的节日，二战后改称"天皇诞生日"。从上下文判断，此处的"第二次"应指大正天皇即位后的第二次天长节。

太危险了……"

　　说"太危险了"的时候，鹤吉甚至紧张得有点儿口吃。他惊恐万状地在屋子里扫视了一圈，眼睛仿佛在盯着什么看不见的恐怖之物。阿末也被吓得一激灵，慌慌张张地爬下脚凳。刚好大姐带着宝宝过来帮忙，阿末就把宝宝接过去背到了背上。

　　下午，力三被差派到屋后的丰平川去洗神龛里的东西。天气越来越热，阿末也不想干活了，就跟着力三去了河边。从宽广沙洲之中流过的河水宛如一条掉落此处的蓝紫色衣带，一群小孩正光着身子在水里嬉戏。力三一看到他们，立马两眼放光，把要洗的东西扔给阿末，自己则呼唤着玩伴跳进了水里。不过阿末也并不打算洗东西，她坐在河边的柳树下，一边望着闪闪发光的河面，一边给背上的宝宝唱着摇篮曲。没想到过了一会儿，她慢慢沉浸于自己哼唱的摇篮曲之中，歪歪扭扭地坐在那里，与背上的宝宝一起进入了梦乡。

　　阿末突然从睡梦中惊醒，看到力三全身湿漉漉、亮闪闪地站在自己面前，手里还拿着三四根没熟透的黄瓜。

　　"你要吗?"

　　"这个要吃出毛病来吧。"

　　可是，干了那么多活，接着又沉沉睡了一觉，阿末早已口干舌燥到了极点。附近一带被称作札幌的贫民窟，近来在流行一种名为痢疾的可怕传染病，阿末意识到这一点，心里终究有些顾虑。不过最后，她还是从力三手中接过了深绿色的黄瓜。背上的宝宝一看到黄瓜就大哭了起来，似乎也很想要。

　　"吵死了。给，吃吧。"

　　于是阿末塞了一根黄瓜给宝宝。力三也狼吞虎咽地吃了好几根。

四

傍晚，全家人少有地齐聚在一起，吃了一顿热闹的晚饭。今天
母亲看起来心情比平时好很多，还高高兴兴地与大女儿聊起了天。
鹤吉在打扫得一尘不染的起居室里环视了一圈，看到柜子上的药瓶
时，他回想起早上发生的事，于是笑着说道：

"那些危险可怕的东西可不能随便让小孩碰。阿末今天早上就
差点儿把升汞 ① 吃了下去……那东西当时要是真的进了嘴，她肯定
早都没命了。"

说完，鹤吉很是怜爱地瞥了阿末一眼。这让阿末感受到一种难
以言喻的喜悦。不论对方是哥哥还是谁，阿末已经渐渐开始能够辨
出来自男性的气息了。她对此毫无办法，也不知道自己是该害怕还
是该高兴。这股无法反抗的力量在不经意间突然席卷而来，阿末感
觉心脏的血不断往上涌，连脸颊都已经涨得通红。在这时的阿末眼
里，鹤床店内的每一个角落都充满了春意。此情此景之下，阿末如
果站着，她便会突然坐下来，然后一把抱住旁边的阿哲，不厌其烦
地用脸去贴他，将他紧紧搂在怀里，与他聊一大堆有趣的事；如果
阿末坐着，她便会如同突然想起什么事似的一下子站起来，然后手
脚麻利地去帮母亲做家务，或是去打扫起居室和店面。

当大哥伸手要爱抚阿末的时候，她突然急慌慌地站起身来，从
大姐那里接过宝宝，把鼻子贴到宝宝脸上用力吸了一大口气，然后
走出了店门。北国的夏夜凉爽而静谧。月亮突然出现在河对面的夜
空之中，向大地洒下青白色的光辉。此时阿末莫名其妙有一种想唱

---

① 氯化汞，俗称升汞，呈白色结晶性粉末，有剧毒。

歌的冲动，于是她兴冲冲地朝河边走去。河堤上四处生长着月见草，阿末将这草折了一束，望着那磷火一般的花苞，嘴里小声地哼唱起了《旅人之歌》。尽管长得其貌不扬，但阿末拥有一副好歌嗓。

"啊，吾之父母身在何方——"

唱完这句之后，她手中的一朵花仿佛被歌声惊醒，懒洋洋地舒展开了花瓣。阿末于是更来了兴致，又一句接一句地唱了下去。随着歌声响起，花儿也一朵一朵竞相绽放，仿佛连花瓣都迸出了声音似的。

"啊，吾之兄弟同谁嬉戏……"

突然，一阵寒意从身体中流过，阿末感到腹部被针刺似的疼痛。刚开始阿末还觉得没什么，痛了两次三次之后她突然想起来今天吃的那根黄瓜。一想起黄瓜，痢疾的事情和今天早上的升汞的事情也一起冒了出来，在脑海中绞作一团。刚才还轻松惬意的心情一下子跌落谷底。她想，会不会力三也开始腹痛了，而家里人现在都担心不已？她很怕力三已经忍受不住痛苦把他们两个人和宝宝都吃了黄瓜的事情坦白出来，战战兢兢地回了家。还好，力三正在和大哥玩坐式相扑，笑得非常大声，似乎并没出什么问题。阿末这才松了一口气，跨进了家门。

然而，阿末的腹痛却一直都不见好转。这时，在大姐膝盖上睡熟的宝宝突然发出了刺耳的哭声。阿末惊讶地望着哭闹的宝宝。大姐把乳房露出来塞到宝宝嘴边，宝宝也不吃。大姐说或许是因为不习惯这个家的环境，于是匆匆忙忙地回去了。阿末把大姐送到大门口，一边忍受着自己的腹痛，一边竖起耳朵听着哭声在清亮的月光中渐行渐远。

阿末躺下之后老想着自己会不会得上痢疾，怎么也睡不着。力三玩累了，睡得非常沉，但阿末担心他会突然醒过来说自己肚子痛。一片漆黑之中，阿末焦躁不安地眨着眼睛，始终无法入睡。

不过，阿末不知何时还是沉沉地睡了过去。早上醒来之后，她已经把昨天的事忘得一干二净。

中午时分，大姐那边突然派人来报信，说宝宝拉肚子很厉害。疼爱外孙子的母亲立马赶了过去。但到了傍晚，可爱的宝宝还是死掉了。这件事让阿末深受震撼，她突然开始无比在意力三的一举一动，心里非常害怕。

力三从早上开始就有些无精打采的。黄昏时分，他悄悄把阿末叫到澡堂和理发店中间的小巷，然后从自己那不知被什么东西塞得鼓囊囊的胸口摸出一支粉笔，在墙板上一遍又一遍地写着"大正二年八月三十一日"。

"今天早上我肚子就一直痛，已经去了四次还是六次厕所了。老妈不在，跟哥哥说的话又肯定会被骂……阿末，我求求你，昨天的事千万别说出去……"

力三的声音已经开始哽咽。阿末不知道该怎么办了。一想到力三和自己可能都活不过明天，她就觉得有一种无助的感觉抵在心口，让她喘不过气。结果，力三还没哭，她先哭了出来。而这哭声被大哥鹤吉听到了。

那之后，阿末的肚子一点儿都不痛了，但力三却突然卧床不起，而且腹泻越来越严重，整个人瘦得皮包骨头，最后在九月六日凄惨地死去了。

阿末觉得自己仿佛在做一场噩梦。而母亲接连失去了自己最心爱的孙子和儿子，现在患上了严重的歇斯底里，陷入了暂时性的躁狂状态。当阿末坐在已经去世的力三的枕边时，母亲一直瞪着阿末，那眼神仿佛阿末在梦中看到过的妖怪。虽然阿末昏昏沉沉的，但这些情景都清晰地刻在了她的脑海之中。

"你给他们两个人吃了坏东西，害死了他们，你还好意思厚颜无耻地活着！你给我走着瞧！"

一想起母亲当时的眼神，这几句话就仿佛又在她耳边回响了起来。

这之后，阿末经常到小巷里去，用指尖抚摸着力三写下的粉笔字，默默流下心酸的泪水。

五

鹤吉拼尽全力才让鹤床有些起色，而现在，这家店又轻而易举地陷入了更深的"不景气"的泥沼之中。仅仅是力三那张胖滚滚的脸再也看不到了，对鹤床而言就是一个致命的损失。母亲的歇斯底里症状虽然痊愈了，但左边的嘴角吊了上去，整张脸显得更加丑恶。大哥鹤吉虽然脸上气色很好，但身体瘦骨嶙峋，皮肤也白得如蜡一般。年纪最小的阿哲腿脚不便且精神萎靡。总之看他们的模样，谁都不像是能重新给这个家带来热闹与繁盛的人。尽管抱病在身，鹤吉还是凭借自己年轻人的气力，比之前更加尽心地经营理发店。可是，他耗尽全部心力的样子实在是让人心疼。至于大姐，近来也开始经常对阿末发火了。

力三的死让阿末悲伤不已。但阿末的身体深处涌出了一股无比旺盛的生命之力，这股力量将阿末从为他人哀伤的情绪中拉了出来。当小巷墙板上的粉笔字迹消失的时候，阿末又变回了之前那副活泼开朗的样子。清晨，她背对着东边的窗户，一边唱着歌一边洗着衣服，襦袢和衣带上的鲜艳红色打破了家中的单调。那只名叫小黑的狗，家里人觉得它只会消耗口粮，起不了什么作用，便把它卖给了皮匠。阿末对此非常不情愿，抱着小黑的脖子不肯放手，还说自己可以加把劲儿多做些浆洗，多织些抹布，补上这一部分口粮的钱。

实际上，阿末干活也的确非常勤快。因为她隐瞒了黄瓜那件事，在她内心深处，还是想对此做出一些补偿。阿末以前常去夜校的周末聚会，这是她非常期待的活动，但近来她也没有去参加了。她把力三的高齿木屐磨矮了些，穿上之后去帮大哥做事。阿末非常疼爱小弟阿哲，而阿哲也会等阿末来睡觉等到很晚。阿末做完手上的事，将白色的劳动服挂在钉子上，骨碌碌地解下衣带，然后便在阿哲旁边躺下。鹤吉一边打扫店面一边竖起耳朵，隐约能听到阿末小声讲故事的声音。母亲也听见了阿末的声音，她装作睡熟的样子，其实已经在被窝里泪流满面。

一到这时节，阿末便在单层和服外披上羽织，解下薄毛呢的男式垂带，换上了后面看不见所以只缠一圈的女式短带。而众人也开始频频把"不景气"挂在嘴边，到了连听着都腻烦的程度了。天气刚有一丁点儿热意却又很快转凉，这样下去整个北海道的稻子可能会颗粒无收。然而在这情形下，米价却诡异地跌了下来。阿末逢人便说"不景气"，还动辄把自己家四月到九月这段时间死了四个人的事到处宣扬。而实际上她此时最烦恼的，是在这"不景气"的境况之中，母亲和大哥的脾气变得越来越暴躁。母亲以前曾经絮絮叨叨地骂阿末骂个不停，但最近她倒是经常和大儿子鹤吉吵起来，而且吵得比以往厉害多了。母亲常常被鹤吉骂得狗血淋头，阿末有时会窃喜于哥哥帮自己出了一口恶气，有时又会止不住地可怜起母亲来。

六

十月二十四日是力三的七七。大姐在四五日前刚过了自己孩子的忌日，这一天也到了鹤床来。她似乎是有什么东西要缝补，和鹤吉在店里聊了起来。

早上起床之后，母亲对阿末的态度很温柔，这让阿末非常高兴。对大姐她也是一口一个"姐姐"地撒着娇。清扫洗面台的时候，她一直在自顾自地念叨着什么东西。

"又来劳烦您了。虽然没有多少，还请您务必试用一下。"

阿末听见话音回过头去，看见有人送来了天使牌发油的广告单和一小瓶发油样品。阿末猛地冲过去，从大姐手上抢下了那个小瓶。

"是天使发油啊！明天我到姐姐家去请姐姐帮我做头发，这发油我用一半，姐姐用一半。"

"你这小鬼可真精。"

大姐笑着说。

在阿末开这玩笑的时候，刚才一直在起居室里闷着声不知道在干什么的母亲突然发了怒。她走到店里，语气尖锐地责骂阿末，说如果不赶快清理好洗面台、趁着好天气把浆洗做完、之后下雪了该怎么办。母亲刚才似乎一直在哭，那双白眼已经充血发肿，而现在正发着令人悚然的光。

"妈妈，今天这种日子，就算看在力三的分上也别生这么大的气嘛。"

姐姐语气温和地试图安抚母亲。

"一口一个力三的，说得好像是你家的人一样，他到底是谁生谁养的？力三怎样又跟你们有什么关系？还有阿鹤也是！整天说着什么不景气，只知道把自己当畜生使，你看看阿末，每天可清闲得很呐，个头都长这么大了。"

被母亲劈头盖脸一顿骂，姐姐奇怪地蔫了下去，也没有说什么道别的话，就这么回去了。阿末瞥了一眼旁边无事可做的大哥，没出声，埋头干起了活。母亲站在门口絮絮叨叨地骂了很久，如铅块一般沉郁的空气充斥着屋里屋外。

阿末打扫完洗面台，接着便到屋外去做浆洗。虽然有些冷，但天空万里无云，晚秋的阳光斜斜地照进理发店的拉门，隐隐飘来一股油漆的味道。阿末干活越来越起劲，她微微涨红着脸，手脚麻利地把各种花纹的布片贴到木板上去，那指尖被染红的小小手指在发黑的木板上灵巧地游走。每次蹲下又站起的时候，阿末的身体总会展露出如女演员一般充满女人味的曼妙曲线。这惹得在店里读报纸的鹤吉春心荡漾，他盯着阿末看，怎么都看不够。

因为要去工会办事，鹤吉早早吃了午饭。他走出店门的时候，阿末还在认认真真地干着活。

"你也休息一下，去把饭吃了吧。"

听到大哥语气温柔地叮嘱自己，阿末抬起头笑了笑，然后又继续兴致高涨地做起手上的事了。鹤吉走到拐角时回头望了一眼，看到阿末也站起身来目送他。鹤吉一边赶路一边想，这妹妹还挺可爱的。

阿末沉浸在劳作之中，即使母亲叫她去吃午饭也不为所动。这时，她的三个朋友来找她，问她要不要一起去看游乐园的"无线轨道"的测试。无线轨道——这个名字大大勾起了阿末的好奇心。她想着也可以去稍微看一眼，于是解下束袖带塞进袖兜，和三个朋友一起出了门。

在北海道厅、铁道管理局和区役所工作人员的严密看守之下，一辆外形略微有些奇怪的货运马车，在人工制造的障碍物中间一边往前行驶一边发出哐啷哐啷的声音。虽然看起来一点儿都不有趣，但是能像这样与学校朋友一起久违地到这郊野来畅快地游玩一番，对阿末而言，也算是近来难得的休息了。然而，阿末还没来得及好好玩一玩便忽然感到了一阵寒意。她抬头一看，黄昏的天空不知何时已经被灰色的云遮得严严实实。

阿末猛地一怔，愣在了原地。三个朋友看阿末突然神色大变，都疑惑地瞪大了眼睛。

七

阿末回到家一看，母亲所依靠的大哥还没回来，而她一个人在家，正因此大发雷霆。

"你这吃白干饭的混账东西又跑哪儿去了？为什么还没死？"

说完，母亲又狠狠地补了一句：

"不该死的力三死了，你这活着也没大用的东西却没死。这里没你的事了，滚吧。"

被母亲说到这种地步，阿末也有些发怒了。她在心里默默地骂了一句"你让我死我就去死吗"，然后把母亲扯下来叠好的浆洗布用包裹包好，立刻冲出了店门。其实阿末此时肚子已经有些饿了，但她没有勇气留在家里把饭吃了再走。不过离开家的时候，她还是偷偷地把镜子旁边的小瓶天使发油塞进了袖兜。"我要去姐姐家好生抱怨一番。难道你让我死我就真的会去死？"阿末一边这样想着，一边朝大姐家走去。

要是平常，大姐都会立马来门口迎接阿末。但今天，只有一个借住在大姐家的十来岁的小女孩一脸阴郁地出现在门口。阿末见状也有些泄了气。进到里屋之后，她看到大姐正在一声不吭地做着针线活。这反常的状况让阿末不知所措，一时愣在原地。

"你先坐。"

大姐抬起脸，用尖锐的眼神望着阿末。阿末坐下后从袖兜中摸出那瓶发油，本想以此讨大姐开心，没想到大姐却完全不为所动。

"妈妈是说了你什么吗？她刚才到我这里来找过你了。"

大姐嘴里冷不丁冒出这么一句。接着，便是对阿末的好一番说教。大姐这些话的背后明显藏着一股怒气，但表面的口吻还算平静。阿末一开始还完全搞不清楚状况，但听着听着就沉浸到了大姐的话中去。其实，大哥鹤吉的经营已经入不敷出，仅凭每个月的进账根本养不活全家人。虽然姐夫给他提供了不少帮助，但一到下雪的季节，木匠也完全接不到活，所以姐夫打算每天早上去给泥瓦匠帮工赚点儿小钱，但这种计划能不能成也不好说。力三去世后，店里也不得不招个小工了。而母亲时不时卧病在床，长期下去医药费的开支也不是个小数目。阿哲身体有残疾，虽然小学已经毕业，但实在是帮不了家里什么忙。到了十月，附近的邻居已经有好几家因为交不起房租被撵走了。而这个家也是断不能独善其身的。今天明明是力三的忌日，可阿末竟然大清早就是一副悠闲自在的样子。虽然帮不上太大的忙，但待在家里，打扫一下佛龛，煮煮素菜总还是能做到的。帮着做点儿家务，母亲也会开心。阿末实在是太不懂事了。而且阿末已经十四岁，再过两三年就该嫁人了，可是这种女孩子是不会有人娶的，最终恐怕只能成为大哥的一个包袱，被世人戳着脊梁骨，凄凉地度过一生。要是太任性的话会让身边的人寒心的。总之，大姐如连珠炮般地斥责了阿末好一会儿。说到最后，连她自己都流起泪来。

"也挺好。听人说没心没肺的人都命长。妈妈反正是活不了多久了；大哥那么操劳身子撑不住，也不知什么时候会病倒；我唯一的孩子死了，我活着也没多大意思。以后就只剩你一个人留在这世上丢人现眼……说起来，我之前一直想问，那天你在丰平川是不是给宝宝吃了什么吃不得的东西？"

"我怎么会给他吃那种东西呢……"

一直低着头的阿末抬起头来，语调酸楚地这么答了一句，然后便又低下了头。

"力三当时不也在吗……而且我那之后也没有拉肚子。"

片刻后，阿末又补了两句前言不搭后语的辩解。大姐用怀疑的眼神死死地瞪着阿末。

在这沉默之中，阿末突然感到从腹腔深处涌出了一股悲哀。她非常伤心，胸口一阵发紧，仿佛被勒住了一般。她拼命想冷静下来，呼吸却越来越急促，紧接着，两三滴如火一般灼热的泪水便如同恶作剧一般，轻轻擦过早已通红的脸颊簌簌地落了下来。她终于再也克制不住，哇的一声哭倒在地。

阿末差不多哭了一个小时。力三那调皮却又可爱的脸和宝宝那舔着嘴唇天真无邪的脸接连在眼前闪过。阿末想凑近去看清楚，那脸却又变成父亲的脸，变成母亲的脸，甚至还变成了她最亲近的鹤吉的脸。每一张脸闪过，阿末都哭个不停，连她自己都觉得这眼泪是多得有些滑稽了。这下子大姐也开始担心她了，说了很多安慰的话，但并没有什么作用，最后也只好任她在那里哭。

痛痛快快大哭了一场之后，阿末抬起脸来，觉得头轻了不少，心绪也完全沉静了下来。现在她能清楚意识到，自己的心底只想着一件事。在阿末的脑海中，种种执念已经消失得一干二净。"死掉吧。"阿末悲壮地想。接着，她在心中重重地点了点头。礼貌地说了声"姐姐，我先回去了"之后，她便离开了大姐家。

八

因为办事耽搁了太久，鹤吉回到家中的时候已经点上了灯。理发店里被电灯照得透亮，而起居室只是借了一点儿那边的光。在房间的昏暗处，母亲与阿末隔得远远地坐着，两人都显得孤零零的。阿哲裹着棉睡衣在柜子旁边睡得正香，不时地发出轻轻的鼾声。鹤吉想这两人肯定是又吵架了，于是试图从旁插话，扯些不痛不痒的闲事。母亲并不怎么搭话，只是端出一些盖着布的蔬菜让他吃。鹤吉看到阿末完全没有动自己面前的菜。

"阿末，你为什么不吃？"

"我不想吃。"

鹤吉想，妹妹这声音实在是惹人怜爱。

在动筷子之前，鹤吉站起身走到佛龛前，对着寒酸的白木牌位象征性地拜了拜。他感到一阵心酸与寂寥。因为心情实在是太沉闷了，鹤吉便拧开了电灯，房间一下子明亮了起来，阿哲差点儿都被晃醒了。不过房间里很快又沉寂下去，寂寥的空气不减反增。

阿末一言不发地把鹤吉的餐盘拿到洗碗池边洗了起来。鹤吉说先放着明天再来洗，她却不理睬，继续埋头洗着。临走时，阿末去佛龛前换了灯芯，朝着牌位鞠了一躬。之后，她便穿上木屐准备走出店门。

鹤吉感到一阵莫名的忐忑，从后面叫住了阿末。

阿末在门外回道："在姐姐家有一件忘记办的事，我得去一趟。"

鹤吉听了突然发起火来。

"蠢货，非得这么晚去吗？明天早上睡醒了再去不行？"

说到这里，为了让母亲觉得自己也是站在她那一边的，鹤吉又补了一句：

"你怎么总是这么任性？"

于是，阿末便老老实实地折了回来。

三人都睡下后，鹤吉开始觉得自己刚才那句"你怎么总是这么任性"说得有些过了头，心里愈发惴惴不安。阿末躺在阿哲旁边，脸朝向外侧睡着。她始终一声不吭，沉默得像块石头。

此时，屋外似乎是下起了今年的第一场雪。在仿佛包裹了一切的寂静之中，夜渐渐深了。

九

不出所料，天亮时，雪仍然在下。鹤吉起床的时候，阿末在打扫店面，母亲在收拾厨房，而阿哲正在店内火盆旁边打包着上学用的书包。阿末也过去手脚麻利地帮起了阿哲的忙。

过了一会，阿末开口了。

"阿哲……"

"嗯？"

阿哲应了声，但阿末并没有继续说下去。

"姐姐，怎么了？"

阿哲想让姐姐把话说完，但阿末闷不作声了。这时，鹤吉看向镜前的柜子，想取一根牙签，却发现柜子上摆着一个本不该出现在店内的盘子。

阿末早上七点左右就出了门，说是要去大姐家。而当时鹤吉正在给客人刮胡子，没工夫回过头去注意阿末。

客人离开后，那个盘子就不见了。

"哎，妈妈，刚才放在这里的盘子是你收起来了吗？"

"什么盘子？"

母亲从里屋探出头来，说自己根本没看到什么盘子。鹤吉一边猜测着阿末拿盘子出来的缘由，一边环视屋内。这时，他看到那个盘子就放在洗面台旁的水缸上。盘子里残留着少量的水，还粘着一些白色粉末状的东西。鹤吉并没有太在意，只是把盘子拿给母亲清洗干净便了事。

到九点左右阿末还没有回来，母亲就又开始唠叨了。鹤吉也想等妹妹回来一定要好好说教她一番。这时，借住在大姐家的那个女孩气喘吁吁地打开门冲了进来。

"叔父！刚才……刚才……"

女孩大口喘着粗气，鹤吉觉得她这样子颇有些滑稽，笑了起来。

"怎么了，这么慌张？难不成伯母死了？"

女孩回道：

"不是，是叔父家的阿末快死了。您赶快过去吧。"

鹤吉一听这话，脸上的笑容变得扭曲起来。

"你说什么？"

他又问了一遍。

"阿末快死了。"

鹤吉终于发出一阵大笑。他随便应付了几句，便打发这女孩回去了。

鹤吉一边笑一边大声地把这件事讲给了里屋的母亲听。母亲一听，脸色大变，光着脚就跑到了店里来。

"你说什么……阿末快死了？"

接着，母亲也发出了古怪的笑声。紧接着她又换上了一副正经的面孔。

"昨晚阿末饭菜也不吃，只是抱着阿哲哭个不停……哈哈哈，怎么可能有这种事？哈哈哈哈……"

母亲一边说一边古怪地笑着，听着这笑声，鹤吉总觉得莫名焦躁不安。不过，他也仍然跟着笑了起来，附和道：

"哈哈哈，不知道那个小女孩在瞎说些什么。"

母亲并没有回到起居室，只是茫然地站在原地，一动不动。

这时，大姐光着脚冲了进来。鹤吉一看到她，仿佛被重重打了一拳，脑海中突然想起先前那个盘子，只是莫名觉得，这下子完了，然后便拿过烟盒塞进了腰兜里。

十

这天早上，阿末先到大姐家来了一趟。她对大姐说，母亲现在不愿意吃散药粉，如果宝宝生病吃药时用的那种糯米纸还有剩下的就给她一点儿。大姐也没多想，就给她了。七点左右，阿末又拿了块要缝的布过来，在大门口附近三张榻榻米的小房间里铺开了。那个房间的柜子里放着些小物什，大姐当时就过去看了一眼，不过阿末的样子并没有什么不对劲的。虽然察觉到阿末在羽织里塞了什么东西，但大姐以为她只是和往常一样偷藏吃的，也并没有去细究。

大约过了三十分钟左右，阿末似乎起身去厨房喝水了。自己的孩子去世后，大姐一直觉得生水不能喝，于是就隔着门呵斥了阿末一句"别喝"。阿末立刻停下手，进了大姐的房间。大姐最近开始信起了佛，此时正在擦拭黄铜佛具，阿末也过去帮了一会儿忙。之后大姐开始诵经，阿末老老实实地坐在后面听了差不多三十分钟，之后她突然站起来，走进了旁边三张榻榻米的小房间。过了一会儿，大姐听到隔壁传来像是呕吐的声音，连忙打开门，发现阿末正痛苦不堪地趴在地上，怎么喊她她也不吱声，只是样子看起来非常难受。大姐发了火，朝阿末的背上重重打了两三下，阿末才终于坦白，自己吃了家中柜子上的毒药。她还向大姐道歉，说自己死在姐姐家里，给姐姐添麻烦了。

大姐冲到鹤吉店里来，气喘吁吁又前言不搭后语地把事情的来龙去脉讲了一遍。鹤吉赶过去一看，发现阿末正躺在大姐家的小房间里。她望着进门来的哥哥，脸色看起来并没有什么不对劲。而鹤吉却无法直视妹妹的脸。

鹤吉想，得找医生来看看，于是冲出大姐家，立刻赶往附近的医院。药房和前台的人现在刚刚起床上班。鹤吉反复叮嘱他们立刻派人过来，但回去等了四十分钟也不见有人来。阿末的呕吐本来已经暂时止住了，这会儿又突然非常想吐。看着妹妹把脸埋进枕头深呼吸的样子，鹤吉一直坐立不安。会不会因为等了四十分钟，现在已经来不及了？鹤吉想了想，又冲了出去。

跑了五六条街之后，鹤吉意识到自己脚上还穿着木屐。他想，都到这种时候了谁还会穿着木屐跑？于是便光脚踩着雪，又往前跑了五六条街。这时他突然看到有人力车从自己旁边经过，觉得自己干了件傻事。于是，为了找一家车坊，他又往回跑了两三条街。虽然这里确实有人力车，但是车夫是个老人，看起来似乎还没鹤吉自己跑得快。从折返的地方再走不到一条街就是一户医生的家。医生对鹤吉说，他会把一切都准备好，让鹤吉赶快把病人带过来。

鹤吉没有坐人力车，自己飞快地跑回了大姐家，却听大姐说现在阿末的情况并没有那么严重。鹤吉不禁想，这真是太好了。阿末一定是把大小瓶搞错了，实际上她服下的是大瓶里的东西，而大瓶里装的是苛性钾。鹤吉觉得肯定是这样，但又没有勇气直截了当地去问阿末。

等人力车又花了一点儿时间。终于，鹤吉乘上人力车，然后把阿末放在了自己的膝盖上。阿末躺在大哥的怀里，脸上露出了一丝微笑。骨肉至亲之间的挂念让鹤吉心如刀绞。此时的鹤吉只是单纯地想，我一定要让妹妹活下去。

不一会儿，阿末就被搬送到医生家里二楼的一个宽敞的房间里，然后被放到了一张雪白的床单上。她大口地喘着气，说想要喝水。

"好，好，马上就不口渴了哦。"

看起来很温厚的医生穿上了诊察衣，紧紧注视着阿末，语气平静地这么说了一句。阿末乖乖地点了点头。之后，医生把手放到阿末的额头上，目不转睛地盯着她看了一会儿，又回过头来望着鹤吉，问道：

"她吃下了多少升汞？"

鹤吉明白，是死是活就看这里了。他心惊胆战地靠近阿末，把脸凑到阿末耳边问：

"阿末，你吃的是大瓶里的还是小瓶里的？"

鹤吉一边说着，一边用手比划大瓶和小瓶的模样。阿末用滚烫的眼睛望着哥哥，清清楚楚地回答道：

"是小瓶里的。"

鹤吉感觉自己仿佛被雷劈中。

"吃……吃了多少？"

鹤吉以前就听说，升汞这东西，即使是成年人，只要服下十分之二克就会没命。他明知道这么问也无济于事，但还是问了出来。阿末没有说话，只是弯下食指去接着拇指根，比出了一个五钱铜币大小的圆。

医生见状，略显犹疑地说：

"可能还是有些晚了。"

不过，他还是把准备好的药拿了过来。烈性药物的刺鼻气味瞬间充斥整个房间。鹤吉被这味道熏得一下子清醒了不少，甚至觉得先前发生的事仿佛全都是一场梦。

"这药味道不好，忍着喝下去。"

阿末很配合，闭上眼睛一口就把药喝干了。之后，便一时进入了昏昏沉沉的状态，显得很痛苦的样子。医生的助手握起阿末的手号脉，并且时不时与医生低声交谈着什么。

大概过了十五分钟，阿末突然像被惊吓到似的猛地睁开双眼。她从枕头上抬起头环视四周，眼神似乎是在求助。这时，她又开始剧烈呕吐起来。从昨天中午开始她就什么都没吃，空空如也的胃里只能流出一些泡沫和黏液。

"哥哥，我胸口好难受……"

鹤吉摩挲着阿末的背，一言不发，只是深深地点着头。

"我要上厕所。"

说完，阿末就试图站起来。大家连忙去扶住她，没想到她倒是站得很稳。说把便器给她拿过来她也不听，于是鹤吉便帮她撑着肩膀，带她去厕所。本来连楼梯她都打算自己下，但鹤吉不由分说地把她背了起来。

"你自己下这梯子会摔死的！"

听鹤吉这么一说，阿末脸上浮现出一丝似有似无的笑。

"死就死了吧。"

阿末拉肚子拉得很厉害。剧烈的吐泻多少带来了一丝希望。在痛苦之中，阿末的背如大浪一般起伏着，嘴里还大口大口地呼着热气。她的嘴唇已经干裂，脸颊涨成了鲜艳的红色。

十一

阿末刚刚已不喊胸口难受了，又突然说肚子疼了起来。那痛苦的模样实在是凄惨不已。即使如此，阿末还是咬紧了牙关，说自己要再去一趟厕所。而实际上，此时的她已经衰弱不堪，在床上出了不少的血了。她的鼻子里也流出了很多血。在惨厉的痛苦之中，她伸出手在空中乱抓，似乎要把床单都撕裂。而之后，她便又陷入昏睡，空气安静得让人毛骨悚然。

这时，四处筹集医药费的大姐也赶了过来。她把阿末那乱麻似的黑发从底部重新结结实实地束了起来，以免发丝散开。所有人都希望阿末能活下去，然而，阿末还是一秒一秒地走向死亡。

不过，阿末自己并没有表现出一丁点儿留恋人世的模样。她那惹人怜爱的坚强觉悟又一次让在场的人心如刀绞。

这时，阿末突然从昏睡中醒来，喊了一句"哥哥"。躲在房间角落悄悄落泪的鹤吉一听，连忙擦掉眼泪，靠到了阿末的枕边来。

"阿哲呢？"

"阿哲他……"

鹤吉话说到一半又顿住了。

"他去学校了。要把他叫过来吗？"

阿末背朝着哥哥，用微弱的声音说道：

"去学校了就不用叫他了。"

这是阿末说的最后一句话。

尽管如此，阿哲还是被叫了过来。只不过此时阿末已经意识模糊，认不出阿哲了。被强留在家中的母亲也像疯了似的赶了过来。她带来了阿末平日最喜欢的漂亮衣裳，而且无论别人说什么她也要给阿末把这衣裳穿上。旁边的人把她拦住之后，她说了一句"那就这么办"，之后她便把这衣裳搭在阿末身上，然后自己躺在了阿末身旁。因为阿末早已没有了知觉，所以医生也就放任母亲去做这些事了。

"哦，乖哦，乖哦……这样就好。好啊，好啊。妈妈就在旁边，不要哭了，乖哦，乖哦……"

母亲一边呢喃，一边抚摸着阿末的身体。差不多到了下午三点半的时候，阿末短短十四年的人生终于画上了句号。

第二天下午，鹤床举行了家中第五个人的葬礼。在刚刚积起的皑皑白雪之上，小小的棺椁以及与之相称的送行队伍宛如一串污迹。鹤吉与大姐站在店门口，目送着小小的出殡队列逐渐远去。跛脚的阿哲拿着牌位跟在棺椁的后面。他穿着力三和阿末穿旧的木屐，两腿一高一低、一瘸一拐往前走的身影很是显眼。

大姐手中捏着念珠，口中默念着。遇了逆缘 ① 的大姐与鹤吉此时都诵起了经。雪花纷飞飘落，不绝地落在二人念佛的手掌上。

_____

① 指年长者为年轻者做法事。

风琴与鱼町

林芙美子 / 著

1

父亲很擅长演奏手风琴。

我对音乐的记忆，就是从父亲的手风琴开始的。

我们一家人在列车车厢里百无聊赖地摇晃了很久。我吃着香蕉，母亲在一旁一边流泪一边念诵着经文。我记得她还朝父亲埋怨了一句"就是因为嫁给你这种人，我才吃了这么多苦"。父亲则抽着烟斗，里面的烟丝早已经燃成了灰。时不时，他还用屁股抵一下装在白色布包里的手风琴。

像这样的举家远行，对我们一家来说已是家常便饭。

父亲闭上眼，语气温和地对母亲说了句什么。应该说的是"很快就会好起来"吧。

列车沿着蜿蜒的海岸缓缓向前。静止的大海，高挂天边的云，在十四岁的我的眼里，这番景象仿佛一面光芒四射的墙。在这春日的海边，有一座挂着许多日之丸旗的小镇。父亲刚才还闭着眼睛，一看到那些鲜红的日之丸旗，他连忙站起来，把头伸到了列车的窗户外面。

"这镇子上好像在举行什么庆典，咱们下去看看吧。"

母亲也把经文收进手提袋里，站起了身。

"这个小镇真漂亮啊。反正现在时间还早，咱们下去赚点儿便当钱。"

于是，我们三人便收拾好各自的行李，在这到处飘扬着日之丸旗的海边小镇下了车。

车站前有一棵正发着白色嫩芽的大柳树。在柳树的另一边，能看到两三家被煤烟熏得脏兮兮的旅馆。抬头看去，小镇上空飘浮着一大团棉花似的云；再望向前方，能看到许多店家的招牌上都画着鱼。

我们正在海边的一条路上走着，突然听到一家挂着鱼招牌的店里传来一阵"啾啾"的口哨声。父亲大约是听到这口哨声之后想起来自己也背着一架手风琴，于是就把手风琴从布包里取出来，挂在了肩上。父亲的这架手风琴是非常老式的那种，体型很大，有一条用来挂在肩上的皮带。

"你先别拉。"

母亲似乎觉得刚来一个陌生的地方就开始拉琴怪丢人的，在一旁抓住了父亲的手腕。

来到那家传出口哨声的店门口，我们看到店里有几个身上沾满鱼鳞的年轻男人正在一边"啾啾"吹着口哨一边敲打着鱼骨。

店面招牌上画着的是一条鲷鱼，在鱼鳃的地方还夹着一片青色竹叶。

我们一家人就这样站在店外，看着那几个男人用奇特的姿势打着鱼糕，看了好一会儿。

"哎，那位小哥，这镇上到处挂着日之丸旗，是有什么事吗？"

一个眼睛发红的男人停下敲打鱼骨的手，懒洋洋地转过头来说道：

"市长到这儿来了。"

"嚯，这么大的阵仗。"

我们一家人又开始往前走。

海边有许多小型的码头。在如河水一般风平浪静的海的另一边，有一座风景秀丽的小岛，岛上能看到很多树，远远看去，那些树就像一朵朵白色的花飘在空着。在树下，有像是牛的东西在缓缓走动。

2

眼前的风景令人心旷神怡。

我买了一块孔里塞满了芥末的炸莲藕。然后和母亲一边眺望着那座岛，一边把这块藕分着吃掉了。

"早点儿回来，就算货卖不出去也无所谓嘛……"

母亲大约是感到些许寂寞，紧紧捏着我的手，拉着我朝码头方向走去。

父亲穿着宪兵服，这种服装胸前带有黄色的像是肋骨一样的纹路。他一边拉着手风琴、吆喝着"一二、一二"，一边顺着上坡往镇上走。听到手风琴的声音，母亲低下头，抽了抽鼻子。而一旁的我还在呆呆地舔着沾满油的手掌。

"好了，把鼻子凑过来一下。"

母亲把挂在衣领上的手帕取下来卷在小指上，然后插进了我的鼻孔。

"你看，你鼻孔里面都弄黑了。"

母亲那卷着手帕的指尖已经黑得像一根香菇。

在镇子里的坡上有一所小学。不知从何处吹来一阵带着小麦气味的风。

"嗯……这儿风景倒是挺不错的。"

母亲一边用手帕轻轻掸着发髻上薄薄的灰尘，一边眯着眼睛望着大海。

我吃完炸莲藕之后，又来到栈桥上的小摊边，盯着一个炸章鱼腿的老婆婆看。

"你这孩子还真是贪嘴……也不怕肚子撑破了。"

"我想吃章鱼腿！"

"你又在说什么！难道不知道爹妈口袋里没钱吗？"

这时，远处又飘来了父亲的风琴声。

"等会儿上了火车，再给你吃好东西。"

"不！就要吃章鱼！"

"你没事找事是吧！"

母亲拿出一个带有挂饰的条纹钱包，在我眼前抖了抖。

"你看，现在满意了吗？"

她的手掌里摊着两三枚大大的、沾着绿色粉末的二钱铜币。

"看见没？没有白色的钱 ①，所以买不起章鱼腿！"

"红色的钱不能买吗？"

"你这孩子怎么回事，就算爹妈吃不起饭也无所谓，只要你自己有的吃就行了是吧？"

"我就是想吃，有什么办法嘛！"

母亲扇了我一耳光。旁边有几个放学回家的小孩在等渡船，他们看到我被打的样子，都笑了起来。鼻血流到了我的喉咙里。我望着闪闪发亮的蔚蓝大海，把咸咸的眼泪吸进了嘴里。

"我要到别处去。"

"不管你去哪儿，你这么偏的，没人会理你。"

"不理我就不理我！反正我就想一个人走，走得远远的！"

"你也太任性了，只管自己。不是刚刚才吃了香蕉和炸莲藕吗？有钱人家的小孩都没你这种吃法！"

---

① 日本明治时期发行的硬币，面值二钱的颜色为红色，面值稍高些的，比如五钱、十钱等则为银白色。

"有钱人家的小孩吃的都是好东西。就给我一根烂香蕉，难不成还要我感谢你……"

"你这孩子，都快到嫁人的年纪了，怎么整天就知道吃。"

"你还打我耳光！你看，鼻血都出来了……"

母亲从手包里拿出一把赛璐珞的梳子，开始给我梳头。梳子每梳一下，我茂密的头发就发出沙沙的响声，发丝还一直往上飘。

"你这头发要是点上火，肯定一下子就烧没了。"

母亲把梳子拿到嘴边，像吹口琴一样往上沾沾口水，然后梳了梳我额头上的鬓发。

"等你爸的生意赚了钱，我们什么都给你买……"

3

我让母亲帮我把背上的包裹放了下来。

紫色的布包里有绘本、水彩颜料和针线包。

"你爸一直在拉手风琴，也不知道东西卖出去没有。过去看看吧。"

我冲下栈桥，朝着坡上小镇的方向跑去。

不知是不是因为镇子太小，这儿的狗都显得比别处大些。各处的屋顶上都挂着幕布，头上插着樱花簪子的女孩成群结队地在街上走过。

"嗯——虽然今天是初次到贵地来，但敝商会绝对不会做拿鬓发油当蛤蟆油卖的那种欺骗消费者的事。说起来，××宫大人[①]也曾经购买过我们的产品，实在是光荣至极，诚惶诚恐。总之，敝商

---

① 指皇族成员。

会的药跟那些随处可见的大路货完全不同……"

父亲被蚁群似的一大堆人围在中间，能听出他吆喝得非常吃力。

渔夫的妻子买了胎毒药，戴着樱花簪子的女孩买了装在贝壳里的眼药，搬运货物的男人买了跌打膏。父亲就像变戏法一样，从那个被磨得锃光瓦亮的黑色背包里变出各式各样的药。人群在父亲面前围成了一圈，而父亲则转着圈子在众人眼前展示那些药。

手风琴被放在了一根木料上。

一群小孩好奇地去按手风琴的琴键。于是，手风琴时不时会随着震动发出怪异的"嗡——嗡——"的声音。这时，那些小孩就会爆发出一阵笑声。被抢占的手风琴发出的声音让我忍无可忍，我拨开人群挤了进去。

"呃——对于子宫疾病和妇科疾病，这种'一二药'是最有效的……"

我把扎堆在木料上的小孩推开，把手风琴拉过来搭在了肩上。

"干什么呢！这琴是我们的东西……"

我剪了短发，看起来有点儿像男孩子。这群小孩一看见我，就大叫：

"短头发！短头发！男人婆！"

父亲正了正头上那顶旧军帽，转过头来看着我。

"你别来捣乱！赶快到你妈那边去！"

父亲的眼神里带有一丝悲哀。

小孩们又像一堆苍蝇一样围了过来，按起了手风琴上的白键。我像走钢丝一样沿着那根木料快步跑开，然后揉了揉腰。这个揉腰的姿势是从某个小镇表演杂技的女孩那里模仿来的。

"你的带子松开了。"

一个肩上搭着高跷的男孩指着我。

"真的?"

我把肚子前面松开的带子系好,然后把衣服下摆夹在腿间,转过身去给男孩看了看。

男孩在笑。

白墙围绕的肥料仓库前的广场上,像针一样闪闪发光的干鱼堆积如山。

广场的四周,乌冬面摊就如鸟群一般整齐地排列着。码头装卸工们站在摊前,哧溜哧溜地吃着面条。

面摊的玻璃柜子里放着看起来非常美味的煎饼和油炸小吃。我靠在玻璃柜上直直地盯着这些食物,柜子的表面看起来雾蒙蒙的。

"哪家的小孩啊,别靠在那个地方!"

一个袒胸露乳的女人一边吸着婴儿的鼻涕一边叱骂道。

4

山上一座红色寺院里的塔已经点上了灯。从岛的另一边涌来了鱼鳞似的云。我一边哼着歌,一边朝码头走去。

栈桥上大约也点上了灯,一群用长竹竿挑着筐的小贩此刻正围在一艘白色汽船的船舱边,高声吆喝着什么。

母亲靠在栈桥的货物上,抬头望着候船室的方向。

"你干什么去了,你爸那儿你去看过了?"

"看过了,卖了很多东西出去!"

"真的?"

"真的!"

母亲又把紫色的布包拴在了我的腰上。她的脸上满是笑意。

"暖和起来了。这风都是温热的。"

"我想尿尿！"

"没事，就在那边尿吧。"

栈桥下面漂着许多水草和垃圾。在这些水草和垃圾的下面，隐约能看到如影子一般游动的鱼。回港的船上盛满了货物，就如同鼓起前胸的鸽子。当潮水淹没那艘船的吃水线的时候，一轮淡淡的月浮现在了夜空之中。

"怎么这么久？跟马撒尿一样。"

"久也没办法啊，我在用力尿了嘛。"

这泡尿实在太长了，我感到无聊，就吃力地埋下头，透过胯间朝背后看去。在白色小丘的另一边，天空和船都掉转了过来。我一直低着头，以至于脖子都开始痛了。从白色小丘背后喷出的尿濡湿了栈桥，发出粼粼的光。

"你在干什么？可别掉水里去了！快看，你爸回来了。"

"真的？"

"真的！"

清爽的海风从我的两腿间吹过。

"可累坏了吧？"

母亲这么喊了一句之后，父亲一边用手帕擦着头，一边在梯子上朝我们叫道：

"要不要去吃碗乌冬面？"

我抓住母亲的两手使劲摇。

"太好了，爸爸肯定卖了很多货出去！"

于是，我们一家三口坐在面摊的条凳上吃起了乌冬面。我的碗里还放着油炸的三角豆腐。

"为什么爸爸和妈妈的碗里都没有油炸豆腐？"

"别管那么多！小孩就闭上嘴吃你自己的……"

我窃笑着夹起一块油炸豆腐放进父亲的碗里，父亲美美地把它吃了下去。

"我看这儿的人还觉得咱挺新鲜的，要不要住个两三天？"

"一开始有人说我是残疾军人，拉了风琴之后有人又说我洋气。"

"你该拉一两首勇壮的曲子跟他们听听。"

镇上的灯亮成了一个圆环。一群头上顶着平底桶的卖鱼女一边高声吆喝着"鲜鱼！要买鲜鱼吗"一边从我们面前走过，大约是有市场在附近吧。

"这地儿还挺有意思的，之前在火车上看到这儿有很多寺院，没想到渔民也这么多，看样子药能卖出去不少。"

"真的挺有趣儿。"

父亲数了一大把白色的钱交给母亲。

"我还想吃章鱼腿嘛……"

"又来了！把你爸惹生气了，他就把手风琴扔海里去！"

"又吵什么？"

父亲从小本子的背面抽出铅笔，开始核对药箱里的货品。

5

一到晚上，观赏夜樱的人们就如同蛾群一样聚集到山上，场面非常热闹。我们一家人在车站附近铁轨边的小旅馆安顿下来，满身大汗地趴在了地上。

"这镇子干活的人可真多啊。以前你见过哪个镇有这么多人看樱花的？"

"一群神经病，樱花而已，有什么了不起的。"

母亲似乎不以为意。她"哼"了一声，解开了行李包。

"喂，你也起来，到这儿来看看，漂亮得很哟。"

父亲打开已经发黑的低矮隔门，一边脱着脏兮兮的针织长裤一边叫我过去。

"我现在只想吃寿司，不想看樱花……"

我趴在原地一动不动。母亲见状，噗嗤一声笑了出来。我趴在满是鼓包又皱巴巴的榻榻米上，让母亲给我拿了一本课本出来，然后大声朗读其中名叫《保护色》的一个章节。听到我大声又流畅地朗读着课本，母亲应该觉得很骄傲吧。时不时地，她还会轻声插一句："哦，是这样啊。"

"这些乡下人真是傻啊，居然把陶壶挂在尺蠖身上。"

"因为尺蠖看起来像树枝吧。"

"尺蠖是啥？"

"就是乡下随处可见的一种虫。"

"哦，很长？"

"跟蚕差不多。"

"爸爸，你真见过这种虫？"

"真的。"

我的黑色影子映在满是污点的墙上，轮廓看起来像一个男孩子。每每有风吹进房间，煤油灯灯罩里的火光就会往上蹿。屋外的街上，哪个路人说了一句"快要下雨了"。

"这房间臭烘烘的，一晚多少钱啊？"

"嗨，能住就行。六十钱。"

"贵死了。出趟远门真是受罪。"

四下寂静无声，远处海浪的声音似乎都传到了我的肚子里。一套被子总共有三条，我像往常一样，手拿着课本默默地从被子角钻进了被窝。

"妈，这么晚了，要不要吃点东西？"

"还吃啥啊？都盖上被子了就赶紧睡！"

"不是已经吃了乌冬面了吗？先前手上有一堆白色的钱，还打算给你买些东西，但住旅馆要花钱，还得支付药品批发商那边的货款，把白钱都花完了。还是早点儿睡吧。早睡早起，明早起来白米饭吃个饱！"父亲这么说着，把坐垫对折之后塞进了我的被角。

我一听到"白米饭"几个字，眼泪就不住地往下掉。

"她现在这么贪吃，大概是因为在长身体吧。"

"能早点儿找个安稳的活计就好了。最近没有啥好点儿的工作吗？"

父亲和母亲都不知道，在被子里的我已经泪流满面。

"她喜欢看书，要是在哪儿安顿下来，还是送她去上学吧。"

"如果明天也卖得不错，那干脆就在这安顿下来也行……"

"不过这儿真是不错。在车站下车的时候就觉得神清气爽。说起来，这个地方叫什么来着？"

"叫'尾道'。你说说看？"

"尾道。对吗？"

"依山傍海，真是个好地方。"

母亲站起来，熄灭了煤油灯。

6

这户人家的院子里种着四五棵石榴树。在石榴树下有一口特别大的井，井口很矮。打开二楼朝走廊的隔门，就能看到正下方的石榴树和水井。井水里含有很多盐分，洗脸的时候舌头会尝到微微的咸味。二楼的水缸里储存着大概能用两天的水。檐廊上放着炭炉、水桶、砂锅和鲍鱼壳做的花盆；客房有六张榻榻米大小，既没有橱柜也没有壁龛——这些就是我们一家三口借住的旅馆二楼房间的模样。

早上起床后，我们会把包裹布罩在借来的被子上。

楼下住着一对五十岁左右的夫妇，大门玄关处一直停放着两辆老旧的人力车。虽然我没见过那位大伯拉车，但时不时两辆车会少一辆，估计是借给别人拉的。大婶总是在能看见石榴树的檐廊上做着她的副业——把卦签卷进发白的海带，然后系上带子①。

这儿的厨房一直都是空空如也，我从未在里面闻到过食物的味道。那口水井因为井口很低矮，常常有猫或狗掉进去。每到这时，那位大婶就会拿着一块斑驳的镜子从井口往下照，试图看清深井之中到底是什么掉下去了。

"总感觉这尾道有某种奇特的魔力。幸亏我们没继续往前去到大阪。"

"要是去了大阪，想来我们会比现在累得多吧。"

我觉得，这段时间父母二人都胖了一些。

我也每天都吃得饱饱的。快乐的日子持续了很久。

"放开吃，把肚子撑得满满当当的！只要能吃饱白米饭，就没什么可担心的。"

"喂，妈妈，楼下的大伯大婶也会吃饭吗？"

---

① 当时有一种街头买卖，是将写有吉凶的纸条卷进食物中售卖，顾客以此占卜运势。

"怎么这么问？不吃饭哪有力气干活。"

"我昨晚去厕所的时候，听到大伯对大婶说，车也被拿走了，自己还不如一死了之。一边说他还一边哭呢。"

"这样啊，他的人力车应该是被债主拿走抵押了吧。"

"他有亲戚吗？我从来没看见过他吃饭。"

"可别这么说。那大伯年轻时是个水手，后来被机器绞断了腿，也没人管他，现在就靠大婶包海带挣的那几个钱勉强度日，挺惨的。"

"找警察也没用吗？"

"警察肯定也会笑话他，说这种事别人哪管得了。"

"那做了坏事的人，警察也不管？"

"谁做坏事了？"

"把别人腿弄断了，还一脸事不关己的人。"

"那也斗不过有钱人哪。"

"难不成楼下那个大伯是个傻子？"

"说什么呢！"

父亲带着手风琴和便当，一整天都在镇子上走街串巷，吆喝着"一二、一二"推销他那些药。

"你去渔民们住的地方看看，一听说卖'一二药'的人来了，大家都出来看热闹呢。"

"毕竟爸爸这身打扮也挺新奇的。"

晴朗的天气持续了很久。

山上的樱花已经凋落，一夜之间到处都变得绿意盎然。

远处传来初春的蛙鸣声，白色的除虫菊争相绽放。

7

"你想不想去学校？"

某一天在山上的茶园，我正忙着把折来的一株玫瑰种在石榴树下，父亲刚好卖完东西回来。他一边在井边洗脸，一边这么问了我一句。

"学校？我都十三了，上不了五年级。不去。"

"去上学挺好的。"

"我可以去上六年级吗？"

"只要不说年龄，应该能上。你能认那么多字儿。"

"但是算数很难吧？"

"嗨，学了再说。明天我就带你去学校。"

可以去学校了，我既感到不安又感到开心。当晚，我像个小孩一样激动不已地数着浮现在眼皮底下的白色数字。

大约深夜零点的时候，我正昏昏欲睡，突然听到屋后的水井方向传来水声，似乎是有什么重物掉进了井里。因为那口井很深，之前即使是有猫狗落下去也只会发出很小的声音。但是这次的水声一反常态，非常响。

"妈妈！发生什么了？"

"你也醒了啊。我不知道到底是啥……"

正当此时，又传来一阵水声和惨叫声。楼下的大伯哭喊着爬出了房间。

"孩子他爸！快起来！有人掉进井里了！"

"谁掉进去了？"

"快起床下去看看，可能是那个大婶。"

我浑身抖个不停，吓得话都说不出来。

"怎么了？"

"孩子他妈，你也一起过来。小孩就继续睡你的觉。"

父亲大喊着，气势汹汹地冲下了楼梯。

房间里只剩我一个人了。我感觉周围的空气仿佛都向我压迫而来。我实在是忍不住了，起身去打开了窗板和隔门。

石榴叶像豆子的叶片一样反射着光，在山坡之上挂着一轮如盆的红月。我感到有什么东西从我的皮肤上滑过。

"怎样了？"

我不禁大声朝楼下喊道。

能看到母亲手里正拿着镜子和煤油灯。

"好！你用力握紧这根绳子！"

父亲一边喊着，一边把绳子的一头绑在了院子中间的一棵石榴树上。

"我们马上就下来救你！你再忍一忍，抓紧这根绳子！"

母亲慌乱的声音传了过来。

"正子，你也下来！"

父亲朝着在楼上窥探的我大声叫道。我感觉有些冷，就披上了父亲那件有黄色花纹的衣服，然后连滚带爬地下到了井边。楼下的大伯在外廊上哇啦大叫，看来是彻底慌了神。

"听话，你现在去喊医生，把事情都给医生说清楚。"

微弱的灯光照在湿漉漉的石板上，温暖的夜风吹动着我们的衣摆。已经有几根绳子被放下了井口，井下传来"呜呜"的呻吟声。

"快去啊！愣着干什么！"

我像只没头苍蝇似的冲到了深夜的大街上。海浪声和风声传进我的耳朵，一股腥臭味四处弥漫。远处飘来一阵像是三味线 ① 的声音，倒是挺符合小满这个时令的气氛。

不知什么时候我已经穿上了父亲这件滑稽的宪兵服，衣领上的扣子也扣上了。大概是穿着这身衣服的缘故，当我来到街角敲响医生家门的时候，有一个车夫迷迷糊糊地望着我，用我从未听过的恭敬口吻向我打招呼，还非常殷勤地弯腰行礼。

"当然没问题。不管半夜一点还是两点，医生总要尽他的职责。只要我还在拉车，医生也不会扔下工作睡觉的。您上车，我们马上就出发。"

8

大婶从井里出来的时候，一只手里抱着一个湿淋淋的包裹。这个黑色的布包里装着一条缎子衣带和一顶据说是大伯以前做水手时买回来的海獭皮帽。她应该是想趁着深夜从后门到当铺去。从她的衣带里掉出了一张当铺的当票来。母亲大概是觉得大婶也过得很不容易，就偷偷把当票藏了起来，没让医生看到。

"还挺危险的。"

"她还好吗？"

"身上没有青肿，只要不内出血，应该问题不大。"

大婶副业做的海带卷散落在房间的角落里。我本来就想吃吃看了，这次趁机拿了五六个放进嘴里。花椒的辛辣味刺得我舌头麻麻的。

"人活着救上来了，井就不用掏了吧。"

----

① 日本传统弦乐器。

早上，我们又用这口井里的水咕咚咕咚地漱了口。大婶的木屐还漂在井里。我借来那块斑驳的镜子，用它照着井里，拿竹筐把木屐捞了出来。母亲在井口的四个角落都撒上小盐堆，合掌拜了拜，嘴里还念叨着什么"老天保佑"。

这一天是阴天，刮的风里夹杂着一些雨。

父亲上身穿着和服，下身穿着楼下大伯的一条脏兮兮的厚袴裙，带上我前往山上的小学。路上有一座供奉神武天皇的神社，神社背后有一座高架桥，桥下有列车驶过。

"只要坐这列车，一会儿就可以到东京了。"

"可以去比东京更远的地方吗？"

"再往前就是夷人的地界了，女人小孩可不能去。"

"东京的另一边是大海吗？"

"这个嘛，爸爸也没去过，不知道。"

学校前的石梯非常长，父亲在中途休息了好几次。校园里的院子就像沙漠一样宽阔，在四个角落还有花坛，种着山樱桃、铁线莲、远志、蓟草、羽扇豆、杜鹃、鸢尾一类的植物。

从教学楼的顶上望过去，能看到山的背面。转过头来朝下面看，海面云雾朦胧，几座岛屿在近处浮现。

"你在这里等等我。"

父亲把手交叉在袴裙的绑带前，走进了教室办公室的白色大门。这片土地似乎真的很适合柳树生长，在这院子的正中间也有一棵发着嫩芽的大柳树，它轻柔地摇晃着身躯，那姿态就仿佛一头羊。

我摸了摸回旋木，又骑到浪桥上试了试，到处感受学校这个新奇场所的气息。但是不知为何，心里那种沉郁的感觉总是驱散不走。我跑出学校的大门，正打算就这样冲下石梯，突然听到父亲叫了一声"喂"。我像钻出水面的水鸟一般抖了抖身子，进了办公室的门。

教师办公室里放着两列像金丝雀巢一样的小书箱，在房间正中央还有一个火盆。父亲和校长就在火盆旁边。一看到我的脸，父亲连忙毕恭毕敬地朝校长鞠躬。我心想，我也必须跟着这么做了，于是也用最恭敬的姿势向校长鞠了一躬。校长看起来非常满意。

"我来把她带到教室里去吧。"

"那我就先告辞了。今后这孩子就拜托您了。"

父亲离开后，我突然感到一阵酸楚。校长很高。这时我想起来以前在某所学校里听说的"去师七尺，不踏师影"这句话，所以跟在校长背后走的时候也故意保持了一段距离。

"别磨磨蹭蹭的，走快点儿！"

校长回过头来呵斥了我一句。此时，窗外抽水井旁的水洼里传来一阵呱呱呱的叫声，不知道是什么动物发出来的。

教室门就像一块歪歪扭扭的防雨木板。校长把门打开之后，一大股小孩子的气息扑面而来。黑板上挂着一块木牌，上面写着"女子六年级一班"。也就是说，我跳过了五年级的半个学年，直接进了六年级。我感到有些不安。

9

雨一连下了很多天。

渐渐地，我开始讨厌去学校了。跟学校里的其他孩子混熟之后，他们就会围到我身边来，说我是"卖一二药的新白痴大将的女儿"。

我觉得卓别林扮演的新白痴大将与父亲的模样并不像。我本想找个机会把这件事讲给父亲听，但连绵不绝的雨天让父亲变得烦闷不堪。

每一天的饭食都是黄色的小米饭。一吃这种饭，我总会联想起马厩。在学校的时候我从不吃便当，而是把吃便当的时间挤出来，跑到音乐教室里去弹奏风琴。我用上了父亲的手风琴谱，在风琴上弹得不亦乐乎。

因为我说话比较粗俗，经常被老师责骂。老师是一个三十多岁的胖女人，她的刘海高高隆起，下面露出一撮抹布似的头发。

"你们必须说东京话。"

于是，大家都开始注意使用优美的语言，比如在自称时用"我"这个称呼。

有时候一不留神，我的嘴里又会蹦出个"俺"。别人听到之后就会嘲笑我一番。在学校能看到很多以前从没见过的花，还能欣赏到许多石版画，这些都让我非常开心。但是，其他小孩仍然总是在我面前嚷嚷什么"新白痴大将"。

"我不想去学校了。"

"怎么也得把小学念完吧？你看看你妈，字也不认得，只好整天睡觉。"

"但是太烦人了。"

"什么烦人？"

"我不说！"

"什么？不说？"

"我不想说！"

雨仍然每天下个不停，我甚至都想拿把剪刀把这雨帘剪断。楼下的大婶仍然每天都在往海带卷里绑挂签和花椒。这段时间，偶尔连黄色的小米饭也吃不上了。母亲请楼下大婶给她介绍了一个在货签上穿铁丝的活儿。之前母亲和父亲比试过穿铁丝的手艺，结果是母亲更胜一筹。

我装作去上学，偷偷跑去了学校的后山。透过法兰绒的和服，我尽情地感受着山野的气息。如果下起雨来，我就用包裹布遮住头，靠在松树上玩耍。

这一天天气很好。我爬上山，在胡枝子的树荫下躺了下来。这时，我看到了一个男人和一个女孩在那里嬉戏。男人留着长发，打扮像是学校里的体操老师；女孩是米店老板家女儿，名叫阿梅。我感觉自己看到了非常难为情的场面，连忙下了山。远处的海面发出亮闪闪的银光，甚至有些晃眼。

这段时间父母经常说到"要不要去大阪"。其实我倒并不想到大阪去。不知什么时候起，父亲那件宪兵服已经不见了踪影。一想到什么时候手风琴也会消失无踪，我就感到痛苦不堪，仿佛胸口被塞满了盐。

"要不我也去拉车试试。"

父亲自暴自弃地这么说道。当时我有一个喜欢的男孩子，所以觉得父亲拉人力车实在是太丢脸了。那个男孩是鱼店的孩子。某一天我从他们家店门口路过的时候，他叫住了我，虽然我们并不认识。

"看看鱼吧。嗯……刚钓上来的，我送你一条吧，你喜欢哪种？"

"黑鲷鱼。"

"黑鲷鱼啊，确实也不错。"

男孩家里没有其他人。他一边吸着鼻涕，一边用报纸给我包了一条黑鲷鱼。鱼身上的鳞片还闪烁着银色的光。

"你穿了几件？"

"我穿的衣服吗？"

"嗯。"

"现在暖和，没穿几件。"

"我来看看，数衣领就可以数出来。"

男孩用沾满鱼腥味的手数着我的衣领。数完之后，他指着一条"剥皮鱼"说道："这条也送你了。"

"只要是鱼，我都喜欢吃。"

"我们家开鱼店的，鱼要多少有多少。"

他还说，什么时候用自家的渔船带我出海去捕鱼。我感到胸中涌起一股热浪，甚至有些喘不过气。

第二天我到学校去才发现，这个男孩是五年级的一个班长。

10

不知是谁介绍的，父亲又采购到一批每瓶售价十钱的化妆水回来。有蓝色瓶子、红色瓶子还有黄色瓶子，五颜六色，很是好看。瓶身上还有丁香花的花纹。如果使劲摇晃瓶子，能看到一团形似面粉的泡沫从瓶底升起。

"好漂亮！"

"每瓶十钱的话那些小姑娘们也会来买吧？"

"我都想买了。"

"说什么呢。"

为了卖这些化妆水，父亲又不知从哪儿学来一首小曲儿：

　　一瓶面如樱

> *两瓶肌如雪*
>
> *诸君速速买*
>
> *不买黑如炭*

为了让自己拉的手风琴能合上这首小曲儿的节奏，父亲练习了整整五天。

"人家说这东西不赶快卖出去就臭了！"

"这么麻烦的东西咱能卖吗？"

"没什么能不能的，不卖这个就没钱吃饭了。"

在尾道城郊有一个叫吉和的村子。村里有帆布工厂，有很多女工和渔民家的女人都在厂里做工。父亲经常到那里去。

我非常喜欢父亲卖的这种时髦商品，于是偷偷拿了一瓶红色的，藏在了水缸的旁边。

"社会进步了，就能买到便宜又时髦的东西了啊。"

那首"一瓶面如樱"的小曲儿开始在镇上流行起来。化妆水的销路也不错，父亲每次带出去都能卖不少。

当时，有一个提着篮子卖牛肉的老婆婆偶尔会到我们这里来。估计父亲是小赚了一笔，所以母亲也豪爽地买了不少牛肉。把魔芋放到这牛肉里，魔芋会变得像血一样红。

"这估计是狗肉。"

虽然心里这么想，但毕竟价钱便宜，我们一家三口还是经常买这种红色的肉来吃。

"那肉真的是狗肉啊。"

楼下大婶把买来的肉喂给狗，狗根本不吃，所以她也一口咬定这肉是狗肉。

下了许久的雨终于停了。一天，我从山上的学校回到家中，发现母亲正在低声抽泣。

"怎么了？"

"你爸……被警察带走了。"

那时的悲伤，我大概一辈子都忘不了吧。我感觉自己的眉头一下子就沉了下来。

"妈妈也要去一趟警署，你乖乖地在家里等着。"

"我也去。我要叫他们放爸爸回来。"

"小孩子去会被骂的！你在家里等着就行！"

"不要！不要！我一个人好寂寞……"

"你信不信我打你一耳光！"

母亲出门后，我哇哇大哭了起来。楼下大婶上楼来，躺在我旁边陪着我，但我仍然大声哭个不停。

"大婶，爸爸之前跟我说过，以前打仗的时候，有人在罐头里塞石头，还靠这个赚了大钱，他卖的东西不过是塞了点儿小沙子进去……"

"别哭了，你爸一点儿错都没有，错的是那些把东西做出来的人。"

"我就是要哭！我都没饭吃了！"

傍晚，我一个人跑去了镇上的警署。

我靠在藤蔓花纹的铁门上等着父亲和母亲出来。"老天保佑……"我紧握门上的铁柱，不由自主地朝着天空祈祷。

我感到非常孤单。

这时，屋后的水上警署方向传来一阵铃声。

我绕到后面，爬上一扇涂着浅蓝油漆的破窗，朝下方看去。

房间里的灯亮得如同白昼。我看到母亲畏缩在房间的角落，那样子就像一只老鼠。而警察正在当着母亲的面，"啪啪"地扇父亲的耳光。

"好了，给我唱！"

父亲拉着手风琴，用古怪的腔调唱了起来：

"两瓶肌如雪……"

"唱大声点儿！"

"哈哈……往脸上涂面粉就能白得跟雪一样，那确实是个便宜事儿。"

一阵悲哀从我心中涌出。警察又开始不停地扇父亲的耳光。

"混蛋！混蛋！"

我像猴子似的大声叫嚷了两句，然后拔腿就向海岸方向跑去。

"喂！正子！"

我听到了母亲在叫我，但此时在我耳朵深处回响不停的，是某种仿佛从远方传来的、如同齿轮旋转一般吱吱作响的声音。

百合子

田山花袋 / 著

一

沿着雪融后的泥泞小路，百合子缓缓地从墓地向寺院的山门走去。

此时如果还有别人在场，想必不止会看到一个低头赶路的年轻女孩，更会注意到女孩那因大哭而红肿的双眼，一头凌乱的长发，以及她和服上映照着一缕午后阳光的大牡丹纹衣带。同时，恐怕还会感到有些奇怪：她是哪里来的女孩？平日在这附近似乎并没有看到过她。女孩是在一个小时前来到这里的。当时，正在给寺里的香点火的住持就一边注视着女孩的背影一边疑惑地自言自语道：

"她是哪家的女孩？是来给野上家扫墓的？似乎没听说野上家的亲戚里有这么个女孩啊……"

进入墓地后是一片花丛，这里一到秋天就会开满红色白色的木槿花。再往里一直走到深处，就能看到野上的墓。墓的周围有花岗石的石墙，旁边还立着五六座长满了青苔的高大石塔，即使在墓地外面也能望见。女孩在围墙中的一座新墓前双手合十，然后一直在那里哭了很久，丝毫没有顾忌旁人的目光。所幸雪融后道路泥泞，此时来扫墓的除了她之外没有别人。四周寂静无声，唯有女孩抽泣的声音毫无遮拦地在这靠近郊野的墓地里飘荡，与周围的空气交织融合在一起。

远处隐约传来火车驶过的声音。整片山野上都被宣告春天来临的宁静所覆盖，一条小河从榛树林的边缘缓缓流过，岸边长满了新绿色的野蒜、荠菜和水芹，一派美丽的初春景象。

<h1 style="text-align:center">二</h1>

百合子其实也不知道自己到底是怎么想的。为什么今天要来扫墓？明明自己一点儿也不想来。她本来只打算一直把这个秘密深深埋藏在心底，今后无论是苦是乐，都决不让别人知道这件事。可是，今天自己为什么又会到这里来？是什么把自己引来的？是灿烂的阳光，还是宁静的春日气氛？亦或是——

想到这里，她突然感到一阵恐惧。她感觉自己意识到了内心的真实想法。

"那不可能……"她连忙自我否定道。

当然，他们两人并没有作为恋人正式交往过。即使有过交往，那也没有什么问题啊。虽然两人的关系就像拂过花瓣的微风一样轻柔淡泊，但毫无疑问的是，他们之间的爱的确如阳光一般绚丽夺目。百合子至今仍能回忆起两人互诉衷情那段时光。他们会去宁静山野间的小径散步，也会去河边堤坝上的小路，路旁的竹子和榧树在风中沙沙作响。有时地上会像今天一样积满了雪，有时又能看到夕阳寂寥地洒在树梢的叶片上。登上堤坝就能看到一条河。河水在眼前静静流淌，宛如画笔挥洒下的一抹淡色群青。

她回忆起去年深秋时，自己在河岸草丛中寻觅了很久，最后采了一束美丽而娇小的桔梗花作为送给他的礼物。就如同那转瞬之间就枯萎的桔梗花一样，两人的恋情很快也如梦幻般消逝了。

意外的是，没有一个人察觉到两人间的关系。就连他们的父母和兄妹都不知道，更不用说其他人了。两人并没有觉得无人知晓有什么不好的，而且反倒把这当做一件幸运的事。如此美好的恋情，若被世人知晓，一定会招来羡慕和嫉妒。难道说，他们的做法终究还是触犯了禁忌，所以才招来了不幸?

突然听到他去世的噩耗时，百合子不知有多吃惊、多悲伤。不，更甚于此的是这段美好、和睦、幸福的恋情再也无法得见天日的那份痛苦。直至今日，百合子仍然时常被这种痛苦折磨。她甚至没能最后看一眼他的尸体，连他的葬礼也没能出席。她想，既然已经无法公开两人的关系，还不如就把它彻底埋藏在自己的心中。她咬紧牙关，独自保守着这个秘密，只会趁夜深人静时在被窝里悄悄哭泣，连她的母亲都不知道这件事。

如此充满悲痛的日子一天又一天地过去。

百合子像丢了魂一样，既打不起精神去扫墓，也没了去郊外散步的兴致。母亲见状，就时常责骂她。

"百合子，你最近怎么了? 我看你干什么都提不起精神。要是有什么心事你就直接说，别藏着!"

母亲直直地瞪着百合子，仿佛要用目光在她身上穿个洞。不过，父亲倒是一副无所谓的样子。

"嗨，没什么好担心的，就是思春而已。看她那整天哭丧着脸的模样，肯定是思春了。赶快给她找个男人嫁了就完事了。"

父亲正在晚酌，此时喝得兴致正高，说完这些话就"哈哈哈"地笑了起来。

百合子坐在了缝纫桌前。屋外，静谧的黄昏已经降临，空气中隐约弥漫着一股难以言喻的悲伤气息。随着日子一天天过去，黄昏空气中的悲伤似乎逐渐淡薄，然而百合子又感到，这些悲伤其实只是悄悄地藏进了自己编织的衣服的花纹之中。

"嘎——嘎——嘎——"

有乌鸦在对面树梢上鸣叫。百合子死死地盯着那只乌鸦。

某一天，百合子尝试着审视自己的内心。她有些惊讶。

——这就是我的内心吗？这就是我真实的内心吗？就因为身体里潜藏着这样的内心，所以我才想要把这个秘密一直保守下去？不是这样，不是这样……

她拼命想要否定自己的内心，却没有什么用。她还是哭了，因为这段恋情到最后都无人知晓。如果还有别人知道，哪怕只有一个人，自己也不会是现在这种混乱的心境。想到这里，百合子又大哭了一场。

三

这个故事发生的时候，离他去世至少已经有一年了。野芹、梅花、春雨、树莺、杜若、萤火虫……种种景象在眼前交织而过；每当看见喧闹的青蛙或是听说某人去了河边海边避暑的时候，百合子总是会想起往事。那段已成为过去的恋情时不时会在脑海里浮现出来，实在是难以忘却。一天，百合子突然在心里想，过去的就让它过去吧，已死之人就让他安静地躺在山野坟茔之中吧。她痛哭了起来。她哭得很悲壮，仿佛是对自然作出了一个巨大的牺牲。

——想得再多也没用，毕竟他已经不在人世了。他现在静静地躺在坟墓里，我却还对他抱着这样的感情，这样的话他没法安息，我就成了罪人啊。

想到自己"成了罪人"，她又抽泣了起来。

"只有自己一个人知道"的这个心结又逐渐萌发出了许多新的枝桠。悲伤的枝桠，充满生命力的枝桠，另外还有表露出移情别恋征兆的细小枝桠。这些心灵的枝桠仿佛在宣称：没有人能抵抗自然的公理。敏锐的母亲当然已经对此有所察觉。她发现，女儿最近开始渐渐摆脱之前的那种忧郁的状态，有时会神色轻松地站在走廊上，甚至还轻轻哼起了以前哼的歌。

从这一年起，母亲开始在百合子耳边轻声低语些什么，而百合子很自然地把这些话听进去了。

想必，这是因为百合子的心中已经铺好了一条平滑的道路，母亲的低语才能顺利地进入她的内心。听到母亲的那些话，她不由得红了脸。

可是，并没有人指责她变心、没有操守甚至没有节操。就连一直以来充斥心中的悲伤与执着，此时也没有表现出些许的叛逆。这让她自己很是意外。她瞪大双眼，试图看清自己的内心。

四

对，这样就好。就这样带走我的这颗心吧……

面对自己的内心，百合子一遍又一遍地低声细语道。她感到自己的心已经从一处移到了另一处，转变十分巨大。这让她悲伤，同时又让她非常开心。这无所谓什么好坏，也无所谓什么节操的有无。她只是觉得，一切都是理所当然地走到这一步的。

五

百合子想起要到这座郊外的墓前来，是在两家人定好婚礼的日程、互相交换了赠礼的第二天。

这是因为她总觉得，从上一个阶段跨越到下一个阶段，必须来扫墓，完成一个仪式。

百合子偷偷从家里跑出来，蹲在墓前掩面哭了近一个小时。当她踏着雪后的泥泞小路走到寺院山门的时候，她感觉仿佛所有的悲哀都已经随着泪水流走，消失得无影无踪；似乎自己之前的一切所想所为都已经得到了原谅。她的整个身心都变得轻松起来。

现在，她感受到的不是方才在墓前哭泣时的悲伤，也不是此前听说他突然去世时那种沉重的心情，她反反复复体验到一种轻快而愉悦的感觉。爱、泪水、喜悦和期盼全部都融为一体，笼罩了她的全身。

百合子来到山门前，在门的角上磕掉了木屐上沾的泥。

此时四处的地面都还残留着积雪，但耀眼的午后阳光仍然洒满了她前方这条长长的路。

百合子刚往前走了几步，正好碰到了从对面走来的一个笑盈盈的女孩。女孩名叫照子，就住在这个镇子上，一直以来和百合子都是好朋友。

"哎呀，百合子！"

"唉！"

百合子虽然觉得有些尴尬，但还是强装出若无其事的样子答了话。

"你这是去哪里了？"

"就去了那边……"

"我看你刚才从寺里出来？"

见被对方揭穿了，百合子有些慌乱。

"嗯，是去了一趟……"

"你在寺里有熟人吗？"

"不，我是来扫墓的。"

"扫墓？这还稀奇。谁的墓？"

"亲戚的。"

"先不说这个。你最近要大婚了吧？真好啊。我还想着什么时候上门去祝贺一下呢。"

"那个……"

百合子感到自己刚才哭肿的脸又红了起来。

"日子已经定了吗?"

"哎,牧山,你就别取笑我了……"

"我哪有……"

两人又继续站在那里聊了一会儿。她们看到,路旁的水渠边满是枯萎倒伏的芦苇和香蒲,在那上面还残留着不少积雪。午后的阳光洒在泛黑的渠水之上,透出一丝寂寥和孤独。

少女病

田山花袋 / 著

一

早上七点二十分的山手线上行电车从代代木电车站的悬崖下驶过，地面随之轰隆作响。此时，有一个男人正在千驮谷的田亩间穿行而过。这个男人每天都会从此处经过，风雨无阻。如果碰上雨天，他就穿上旧长靴从泥泞的田间小道上吃力地踏过；如果遇上刮风的早晨，他就斜戴上一顶帽子用来遮挡尘土。路边的居民远远地看见就知道是他来了。甚至还有某个军人的妻子一看到他路过就把迟迟不起床的丈夫摇醒，以免丈夫上班迟到。

男人从这里的田间小道经过，大约是两个月前开始的。当时，近郊的土地正在开发，对面的森林周遭和这边的小山坡上都建起了新房子，其中有某少将的宅邸，还有某企业高层的宅邸。透过武藏野街边的那些古老的大麻栎树看过去，这些大房子仿佛组成了一幅风景画。在成排的麻栎树的另一边，有五六幢出租屋并排而立。据说此人就是从别处搬来，住在出租屋里的租客。

只不过是一个路人，本来不值得众人去品头论足，但毕竟乡下地方没什么新奇事儿。另外，这个男人长相古怪，走路的姿势又像鸭子一样非常别扭，整个人看起来与周围格格不入——正是这种格格不入吸引了路边闲人的目光。

男人大约三十七八岁，驼背，蒜头鼻，一嘴龅牙，乱糟糟的胡子盖住了半张脸，容貌乍看之下颇为可怖，若是年轻女性碰到他，哪怕是在白天，恐怕也会受到惊吓。然而虽然他长相丑陋，眼神里却透出一丝柔和，仿佛一直在望着某种他所憧憬的东西。他走路时步伐很大，速度又很快，出来晨练的士兵们在路上遇到他都要退避三舍。

男人通常都是穿着一件绒毛已经掉光了的褐色花呢西装，外面再披上黄中带红的无袖外套。他右手拿着一根易拆卸式犬头柄的廉价手杖，左手插在衣兜里，臂弯里夹着一个与装扮风格大相径庭的暗红色的布包。

当他路过一处竹篱外的时候，村边苗圃的老板娘说道：

"该出门了！"

苗圃主人也是住在一幢新建不久的独栋小楼里，房子周围七七八八地种着一堆用于出售的细松、栎树、黄杨和八角金盘。苗圃的对面是交错参差的新住宅区，千驮谷的街道从中穿插而过，宅子二楼的窗户在清晨的阳光下闪闪发亮。朝左边望去，能看到角箬①的几所工厂。细细的烟囱里冒出低垂的黑色烟柱，可见工人们已经开始工作了。树林的另一边，电线杆的顶部冒出头来，伸向晴朗无云的青空。

男人继续往前走。

穿过田亩，就是两间宽的碎石道。之后接二连三地路过柴篱、栎树篱、石楠树篱，篱墙之间错落有致地设置着玻璃拉门、冠木门和煤气灯。从外面能看到庭院里的松树上还挂着除霜用的绳子。再往前走一两条街就到了千驮谷大道，每天早上在这里都能碰到跑步通过的晨练士兵。西洋人的大洋馆、新建造的华丽大门、粗点心铺的古旧茅草屋……走到这个地方，已经能看到代代木车站的高架铁轨。平时，只要新宿那边一传来"叮咚"的电铃提示音，男人就会俯身向前，朝着车站冲过去，丝毫不顾自己的形象。

但是今天，男人竖起耳朵听了好一会儿，丝毫没有电车即将驶来的迹象，于是他就保持本来的步调，继续快步往前走。在高架铁

---

① 东京都新宿区南部的一个旧地名。

轨前的转角处，男人突然看到一个衣着华丽的女人的背影。女人身穿栗梅色绉绸羽织，梳着檐发，打扮得甚是漂亮。看着她身上黄绿色的丝带、木屐上的缎纹绳带和崭新的白色袜子，男人就莫名感到一阵激动。其实也说不上具体是什么感觉，总之男人是又高兴又心神不定，舍不得走到这个女人的前面去。男人很熟悉这个女人，两人至少在同一班电车上遇到过五六次。不仅如此，在冬日的寒冷黄昏，男人还特意绕远路去找到了女人的家。在千驮谷田亩的西边角落有一幢坐落于栎树丛中的大宅子，女人就是那家的长女。她的眉毛非常漂亮，脸颊也很是白皙。当她笑的时候，眉眼之间会露出难以用语言表述的丰富表情。

"她怎么看都应该有二十二三岁了，已经不是学生……即使没有每天遇到，倒是也能看出来。不过她到底是要去哪里？"男人心中暗想。仅仅是想这些事情，男人就已经能感受到一种愉悦。美丽的和服在眼前闪过，那些色彩带来一阵难以言喻的悸动。"她已经嫁人了吧？"男人又想。这次，他感到的是寂寞和惋惜。"如果我再年轻一点儿的话……"男人继续想道。可是，他又马上在心中反驳自己："想什么蠢事呢，你以为你多少岁？老婆孩子都有了。"想到这里，他觉得又悲伤，又高兴。

在登上代代木车站阶梯的时候，男人还是走到了女人的前面。与女人擦肩而过的时候，男人听到了衣服摩擦的声音，闻到了香粉散发出的味道，这让他的心跳加快了。不过，他没有回头，继续大步冲上了阶梯。

车站站长接过红色的次数票，剪好之后还给了男人。站长和车站里的小工们都对这个大块头男人很熟悉了。他们都知道这是一个性子急、冒失、嘴快的人。

正要走进木板围成的候车室的时候，男人眼尖地发现前面站着一个非常面熟的女学生。

这是一个很可爱的女孩，体态丰满，长着一张桃红色的圆圆的脸蛋。她上身穿着漂亮的条纹和服，下身穿着褐红色的袴裙，右手拿着一把女士细洋伞，左手抱着一个紫色的布包。男人看到女孩之后马上想到，她今天扎的丝带是白色的，和平日不一样。

男人又想，这个女孩肯定是记得自己的，她不可能忘！男人朝女孩的方向望去，女孩却仿佛不认识他，脸朝着别的方向。她一定是害羞吧——想到这里，男人觉得女孩实在是太可爱了。他装作望着别处的样子，频繁地朝女孩的方向瞟。之后，他又移开视线，看到了刚才在楼梯口被自己追过去的那个女人的背影。

男人甚至都没有意识到电车已经来了。

二

男人坚信那个女孩不会忘记自己是有原因的，而这又要提到之前发生的一个有趣的插曲了。男人和女孩总是在代代木乘上同一班电车前往牛込，所以男人对这个女孩的模样已经非常熟悉。虽说如此，他也并没有上前去搭过话，只是默默地坐在女孩的对面，心中暗想，这女孩真是胖得恰到好处，脸颊丰满圆润，胸部也很丰满，简直太美了。碰见这个女孩的次数多了之后，男人又发现了很多其他的方面。他发现女孩的笑脸很美，他发现女孩的耳朵下有一颗小痣，他发现女孩在拥挤的电车里抓住吊环的手臂纤细又白皙，他还发现女孩时不时会在信浓町碰到同校的女生，她会与她们有说有笑地聊天。知道了这么多之后，男人不禁想弄清楚这个女孩的家世了。她到底是哪家的女儿？

男人虽然在意，但也没在意到去跟踪女孩、一定要追根究底的地步。某一天，男人照常戴着他那顶帽子，披着他那件无袖外套，穿着他那件西服还有那双鞋，一如往常地沿着平时那条道走过千驮谷的田间。忽然，他看见那个胖胖的女孩和一个像是她朋友的女孩一边聊着天一边从前面走过来。这次，女孩的羽织外面很随意地套着一件白色围裙，还用右手按着自己快要松掉的发髻。如果与一个总是在固定地点相遇的人在其他地方邂逅，就会有一种亲近之感。男人似乎也是这么想的。本来在快步赶路的他突然停下脚步，像是准备对那个女孩点头致意。女孩偷瞟了男人一眼，似乎也意识到了"啊，这就是平时在电车上看到的那个人"，但她不便向对方打招呼，于是默默地从男人旁边走了过去。两人擦肩而过的时候，男人没忍住开口问道："今天没去学校吗？是考完试放假还是正在放春假？"在无意识地往前走了五六间之后，男人忽然注意到，在乌黑柔软的春日泥土里，静静地躺着一枚宛如金屏风上的银松叶的铝制发夹。

是那个女孩掉的！

男人猛地转过头，大声呼喊：

"喂！喂！喂！"

女孩只走了大约十间远，自然听到了男人的喊声。不过她没有想到这个声音是刚才擦肩而过的大块头男人在叫自己，所以并没有回头，继续和朋友肩并肩，一边小声聊着天一边往前走。在美丽朝阳的照耀之下，田间农夫的锄头正在阳光下闪闪发光。

"喂！喂！喂！"

男人饶有节奏地继续喊道。

女孩终于回过头来。她看到男人高举两手，对着她摆出一个很可笑的姿势。她突然反应过来，用手摸了摸头顶，发现发夹不见了。她这才明白过来是怎么回事，嘟囔了一句"哎呀，讨厌，我的发夹掉了！"，也不知是自言自语还是对旁边的朋友说的。然后，她慌慌张张地朝着男人跑了过去。

男人用手举着那枚铝制发夹，在原地等着女孩。终于，女孩气喘吁吁地跑到了男人面前。

"太谢谢您了……"

女孩羞红着脸向男人道谢。男人把发夹递到女孩白皙的手中，他那四四方方的脸上露出了微笑，看起来非常开心。

"真的太谢谢您了。"

女孩又一次礼貌地道了谢，然后转过了身。

男人高兴得不得了，开心得不得了。他想，这下子那个女孩一定记住我这张脸了。之后在电车上碰到，她肯定也会想，啊，这就是那个捡到我发夹的人。如果自己再年轻一点儿，如果女孩再漂亮一点儿，两人如此邂逅的故事简直就可以写成一部饶有趣味的小说了——男人开始了胡思乱想。他越想越远，想到了自己玩世不恭而浪费掉的青年时代，想到自己恋爱结婚的妻子已人老珠黄，想到自己有不止一个孩子需要照顾，想到自己的生活过得一团乱麻，想到自己没有赶上好时机而无法出人头地……种种思绪在他的脑海中交织缠绕，纠葛不休。这时，他所供职的杂志社的总编那张丑陋的脸蓦地浮现于想象之中，仿佛就出现在他的眼前。他连忙把那些胡思乱想全部赶出脑海，继续快步往前赶路。

三

这个男人是从什么地方来的？越过千驮谷的农田和成排的麻栎树，走过那些新筑宅邸的华丽大门，穿过能听到牛哞叫的牧场和大栎树旁的小道，再走下一段和缓的坡道，就能看到小丘背后的一幢独栋小楼，男人每天早上就是从这里出门。房子周围设置着低矮的石楠树篱，其本身面积也不过三间见方，而且地板下凹，天花板很低矮，从这敷衍的装潢一眼就能看出是出租屋。即使不走进小小的院门，从外面的路上也能清清楚楚看到院子内部和屋子的客厅。庭院里长着五六棵矮竹，竹子下有两三株小小的瑞香开着花，一旁还很随意地放着五六钵盆栽花卉。一个看起来像是男人妻子的二十五六岁的女人绑住了袖口，正在手脚麻利地干着活。一个四岁左右的男孩和一个六岁左右的女孩在客厅隔壁房间的外廊上，两人在阳光下一边玩耍一边不停地在嘴里念叨着什么。

屋子南边有一口挂着吊桶的水井。上午十点左右，如果天气晴好，女人就会拿个水盆过来，开始卖力地洗衣服。洗衣时哗哗的水声听来有一种闲适之感；一旁的白莲在春日的阳光下熠熠生辉，给这个小院带来了某种难以用语言表达的清静气氛。男人的妻子的确已显年老色衰，但能看出来，她年轻时的美貌应当是十里挑一的。她的束发发型略显旧式，蓬松的刘海被扎了起来。她的身上穿着一件条纹的棉质和服，褐红色的衣带垂到了地上。洗衣服的手每动一下，带子的衬布也随之微微摇晃。过了一会儿，小儿子一边叫着"妈妈"一边从远处跑过来，接着突然开始在母亲的胸口摸索乳房。母亲让他等一下，但他完全不听，于是就只好慌慌张张地用围裙把湿漉漉的手擦干，然后把儿子抱了起来。这时，大女儿也走了过来，站在旁边。

兼做书房的客厅有六张榻榻米大小，一个嵌有玻璃的西式书柜放在西边的墙下，一张栗木书桌被安置在书柜的对面。壁龛中摆着一盆春兰，墙上则挂着一幅文晁①的山水画的复制品。春日的阳光

———————————

① 谷文晁（1763—1841），日本江户后期文人画家。

洒进房中，使人感到温暖而又惬意。书桌上放着二三本杂志；能代漆木①的砚台盒上能清晰地看到黄色的原木纹路；一些像是杂志社原稿的纸在桌上随风颤动。

房间的主人名叫杉田古城，不用说，就是一个作家。年轻的时候他还算小有名气，有两三部作品颇受青睐。然而，如今已经三十七岁的他却进了杂志社，成了一个不起眼的编辑，每天固定时间上班，做着无聊的杂志校对，几乎已经从文坛销声匿迹。无论他自己还是其他人，当初恐怕都没有想到他会沦落到现在这个状况。不过，这也是有原因的。男人一直以来都有个坏毛病——热衷于年轻女性。只要一看到年轻美丽的女子，他那极其敏锐的观察能力就会完全失去效用。年轻时男人曾写过不少所谓的"少女小说"，以此吸引了大批青年读者。可是，这种既没有敏锐观察也没有深刻思想的作品，又怎么能让人长久保持兴趣呢？没过多久，这个男人和他笔下的少女便成了文坛的笑料，男人写的小说和其他文章全被淹没在一片嘲笑声之中。而且正如前文所述，男人容貌极为可怖，这与他笔下的人物形成了鲜明对比。甚至有人评论说，不知是怎么回事，这人明明气质和体格都还不错，乍看之下甚至让人觉得足够与猛兽正面搏斗，可偏偏脸长成那副模样……很多人都说，这就是所谓造化弄人。

这些事情在男人的朋友中也传开了。某一次，其中一个朋友说道：

"我觉得挺怪的，这应该是一种病吧。杉田老师他只是单纯喜欢少女，就是觉得美，仅此而已。要是换做我们，这种时候早都屈服于本能了，怎么可能止于单纯的喜欢？"

---

① 产于秋田县能代的漆木器，以透见木纹知名。

"我怀疑他是在生理上有什么缺陷。"有人接话道。

"与其说是生理有缺陷倒不如说是性格如此吧。"

"不，我不这样认为。老师年轻时候恐怕是做那种事做过头了。"

"什么事？"

"这还要我说得那么明白吗……就是独自做太多那种伤身体的事啊。如果这种习惯持续太久，在生理上会产生某方面的缺陷，肉体和灵魂就无法完美融合在一起。"

"怎么会有这种事……"有人笑了出来。

这时又有谁插话道：

"他不是连孩子都有了吗？"

"孩子还是生得出来的，"刚才说话的男人回应道，"我问过医生，这种不良习惯会造成各种各样的后果。严重的会失去生殖能力，但也有像老师这种情况的，而且先例还不少……总之医生给我讲解了很多。我觉得肯定是这样，不会搞错的。"

"我还是觉得是性格上的问题。"

"不，这就是病。他需要到海边去呼吸点儿新鲜空气，好好地节欲一阵子。"

"我还是觉得很不对劲。如果他现在十八九岁或者二十二三岁，那你说的可能是对的。可是他现在都快三十八了，有妻子，还有两个孩子，你这种'生理学万能论'的说法是不是太武断了些？"

"不，这也是可以解释的。很多人以为过了十八九岁就不会做那种事了，实际上这种情况多着呢。我敢说老师现在都还在做那种事。年轻的时候傻乎乎地自诩恋爱神圣论者，嘴里光说些漂亮话，但人的本能毕竟是压不住的，最后他就选择了这种伤害自己的身体来获取快感的方式。久而久之这种行为成了习惯，病态化了，本能也不能正常地发挥功用了。老师一定就是这种情况。也就是我刚才说的，肉体和灵魂无法完美融合在一起。不过说起来还是挺有趣的，一个曾以健全自诩、也得到世间公认的人，现在却成了极不健全的人，成了颓废者的典型案例，这都是因为他轻视了本能的作用。你们一直攻击我主张的'本能万能说'，但实际上人类的本能就是如此重要。不顺从本能的人是活不下去的。"此人滔滔不绝地雄辩道。

四

电车驶出了代代木。

春日的清晨令人心情舒畅。明媚的阳光洒向大地，空气也是少有的澄澈明净。远远望去，还能看到云雾缭绕的富士山下一大片黑黢黢的麻栎林。千驮谷洼地里参差排列的新筑房屋如走马灯般从车窗外快速闪过。不过，与这些沉默的风景相比，男人更愿意把目光放在美丽少女的身上。坐在对面这两个年轻女孩的容貌和身姿几乎把他的魂都勾了去。另一方面，与欣赏沉默的风景相比，欣赏活人显然要困难一些。男人害怕一直盯着看会被对方察觉到，只好装作在看旁边，时不时用闪电一般锐利的眼光快速瞟向两个女孩。不知是谁说过，在电车上正面直视女人太明显，容易被发现；但从过于远的地方张望也很显眼，可能也会招致怀疑。最好是与对方相对而坐，并保持大约七分的斜度。男人对少女的喜爱已经到了病态的地步，这种程度的小窍门也就不需要别人教，自然而然地就掌握了。在车上时他从不会放过将之付诸实践的好机会。

那个年纪稍大些的女孩，眼睛非常美，天上的星星与之相比都显得黯淡了许多。绉绸羽织下修长的双腿，淡紫色的别致裙裾，白色袜子下的三层竹皮草履……尤其是白皙肩颈下方那高高隆起的前胸，只要一想到那是一对美丽的乳房，男人就觉得浑身奇痒难耐。而另一个胖些的女孩从怀中取出了笔记本，正在认真地读着什么。

很快，电车就抵达了千驮谷站。

根据男人的经验，在这个站至少有三个女孩会上车。但是今天不知是什么原因——或许是电车早到或者晚到了——那熟悉的三个面孔一个都没有看到。不过，却有一个相貌丑陋、让人不想再看第二眼的年轻女人上了车。一般说来，只要对方是年轻女性，就算脸丑一点儿，男人也总能从她身上发现一些美丽的地方，比如眼睛漂亮，鼻子漂亮，肩颈漂亮，或者腿部粗细刚刚好，然后，男人还是可以好好欣赏一番。然而刚才上车的这个女人，全身上下怎么找都找不到一处能称得上美的部位。龅牙、鬈发，皮肤还黑，只看一眼都令人不快，而她偏偏还一屁股坐在了男人的旁边。

信浓町的车站向来没什么少女上车。男人只记得曾经有那么一次，一个非常美丽的、像是华族大小姐的少女上了车，两人肩并着肩一直坐到牛込站。自那之后男人一直想再遇到这个少女，想再看她一眼，但这个愿望至今没有实现。电车载满了绅士、军人、商人和学生，如飞龙一般向前方驶去。

出了隧道后，电车的速度略微放缓。男人伸长了脖子朝车站候车室望去，突然看到了自己熟悉的某个颜色的丝带，他喜笑颜开，心中也激动不已。那是个从四谷前往御茶水高等女校的十八岁左右的女孩。女孩的衣着打扮很精致，当然最重要的是她那姣好的面容，美丽到让人觉得整个东京城都找不出几个比得过她的女孩。她的身材修长，双眼大如铜铃，长着一张樱桃小嘴，身材不胖也不瘦，总是红彤彤的脸颊上浮现出明朗的表情。不巧今天乘客很多，女孩上车后只好站在门边，但在乘务员"车上很挤，请往里面走"

的催促下，她挤到了男人的面前，伸出雪白的手臂抓住了吊环。男人本想站起来把座位让给这个女孩，但他转念一想，这样一来不但看不到女孩的白手臂，而且从上方俯视也有诸多不便。最终，男人没有起身让座。

拥挤电车中的美丽女孩，她是最能吸引这个男人并且令他感到愉悦的事情。至今为止，男人已经体验过无数次这种愉悦了。能触碰到柔软的和服，能闻到美妙的香水味。温暖肉体的触感还会勾起某种难以言说的心绪。尤其是女孩的发香可以激起男人心中的某种强烈的冲动，这给他带来了无法名状的快感。

电车很快便驶过了市谷、牛込、饭田町三站。从代代木上车的两个女孩都在牛込下了车。乘客不断上上下下，电车中变得越来越挤。然而，男人却对此毫不在意，他仿佛灵魂出窍一般地呆坐在座位上，一脸憧憬地望着眼前女孩那张美丽的面孔。

终于，电车抵达了御茶水站。

五

男人工作的杂志社名叫"青年社"，位于神田的锦町，在紧挨着正则英语学校的那条街上。在面向大街那一面的玻璃窗前放着五六块宣传新书的广告牌，打开大门走进去，便能看到一个四处散乱堆放着杂志和书籍的房间，杂志社的老板正一脸不悦地坐在账台里面。往里走，上到二楼就是编辑室。编辑室有十张榻榻米大小，由于西边和南边的窗户都被堵上了，所以整个房间的气氛非常阴郁。编辑人员用的办公桌有五张，而这些桌子全都被安排在靠近墙的阴暗角落，要是碰到下雨天，几乎得点上一盏煤油灯才能看得见东西；而且电话就放在编辑的旁边，平时铃声老响个不停，让人不胜烦躁。男人在御茶水站换乘外濠线后在锦町三丁目的街角下了车，此时他仿佛一下子从刚才的美梦中醒了过来，忽然感觉到一阵寂寞。紧接着，总编那张脸和阴暗的书桌浮现在他的眼前。他想，今天又要受一天的罪，生活实在是太痛苦了。他望着街上的黄色尘土在眼前飞舞，觉得仿佛这个世上的一切都失去了意义。校对时那些繁复单调的作业、编辑杂志时那些毫无意义的杂事浮现在脑海中，无休无止，历历在目。如果仅仅是这样还好，方才电车上那些似醒未醒的幻梦里的美丽身影在寂寥的黄色尘土之中影影绰绰，即将消失无踪，男人觉得自己活在世上的唯一乐趣就要被破坏掉了，这让他陷入了更深的痛苦。

总编是个以挖苦他人为乐的男人，嘲讽奚落别人对他而言是家常便饭。每次杉田绞尽脑汁写出一篇美文出来，总编就会嘲笑道："杉田，你怎么又来这情情爱爱的老一套？"而总编嘲笑他的原因，是杉田老是三句离不开"少女"。面对总编的嘲讽，杉田有时也会生气，会愤愤不平地想，自己已经三十七岁了，又不是小孩，看不起人也要有个限度。但是他的火气很快就消了，之后又一如既往地咏他的艳歌、写他的新体诗。

对杉田而言，人生乐事有二：一是在电车上欣赏美女，二是创作美文新体诗。在杂志社的时候，只要没什么其他事，他就会摊开稿纸，埋头创作美文。当然，他的这些文章里处处都是关于少女的感想。

这一天，杂志社的校对工作很多，杉田一个人忙到下午两点才勉强能够缓口气。

这时，总编叫了他一声。

"杉田君。"

杉田回过头去。

"嗯?"

总编笑着说道:"我读了你最近的作品。"

"是吗?"

"你的文字还是那么美。到底是怎么写成那样的?这样也怪不得有人会以为你是个美男子了。上次有个叫啥啥的记者,看到你这魁梧的身躯吃惊不小,觉得和他心目中的形象反差太大了。"

"这样啊。"

杉田无奈地笑笑。

"少女万岁嘛!"

旁边的一个编辑插话进来嘲讽了一句。

杉田怒火中烧,但又想不必和这种人一般见识,就把脸撇开了。他愤愤地想,我都三十七岁了还老是这么嘲讽我,这些人到底是怎么回事?

在阴暗的房间里胡思乱想了好一会儿之后,杉田耐不住寂寞,点上了一支烟。望着在半空中缭绕不绝的青紫色烟雾,他仿佛看到了代代木的那个女孩、那个女学生,还有四谷的美丽少女,几个身影相互缠绕、融为一体。杉田知道自己这样看起来很傻,但这并不妨碍他自得其乐。

过了下午三点,快到下班时间了,他想起了自己的家,想起了家里的妻子。他痛感自己蹉跎了太多岁月,自己虚度了青年时代,现在再后悔也没用了。真是空虚啊——他一遍又一遍地这样想。年轻时自己为什么没有谈一场轰轰烈烈的恋爱?为什么没有尽情享受肉体的芬芳?现在想这些又有什么用?我已经三十七岁了。想到这里,杉田感到一阵焦躁,恨不得把自己的头发抓下来。

杉田打开杂志社的玻璃大门,走到了大街上。工作一天之后他的大脑已疲惫不堪,甚至觉得头顶都莫名痛了起来。在西风中飞舞的黄尘有一种寂寥之感，而在今天的杉田看来，这番景象不知为何显得更加寂寥、更加悲伤。无论再怎么憧憬美丽少女的发香，自己早都已经过了恋爱的年纪。就算想恋爱，也再没有能够吸引美丽雌鸟的羽毛了。杉田一边移动他那庞大的身躯一边想着自己已经没有活下去的价值了。还不如死了好。还不如死了好。还不如死了好。

杉田的脸色很差。浑浊的眼神意味着他内心的昏暗。他并非没有把妻子、孩子、家庭平稳地放在心上，然而现在他觉得这些已经离自己越来越远。还不如死了好？如果死了的话，妻子孩子怎么办？然而这个念头也在逐渐消逝，无法在他那已陷入神经质的心灵之中产生任何反响。寂寞啊，寂寞啊，寂寞啊，有谁能将我从这寂寞中拯救出去？只要能有一个美丽的身影出现在我眼前就好，如果她用雪白的双臂将我抱住，那我一定会复活过来。希望，奋斗，激励，我一定会重获新生，就连身上流的那些浑浊的血也会被净化一新。不过就算他的这个愿望真的达成，他能否重新获得活下去的勇气，也仍然不得而知。

电车沿外濠驶来。他上了车后立刻用敏锐的眼光四处搜寻美丽的和服，但很不巧，他并没有找到自己所期望看到的人。只不过"乘上电车"这件事情本身让他放下了心。从现在起直至到家，这里都是他的仙境，他可以悠然自得地享受这个环境。虽然路旁的各种商店和招牌如走马灯般不断从眼前闪过，但这些东西会唤起他心中种种美好的回忆，让他感到十分惬意。

在御茶水，他换乘上了甲武线。因为那时恰巧在举办博览会，电车几乎是满员状态。他拼命挤到乘务员身旁，设法站在右侧车门的外边，用力抓住了一根黄铜柱子。他无意间朝车内一瞥，结果大吃一惊。在玻璃窗的另一边，就在他的眼前，他看到了那位曾经在信浓町与他乘过同一班电车的美貌大小姐。这个他朝思夜想的女孩被一堆礼帽、方角帽和无袖外套紧紧挤在当中，仿佛一只被鸦群包围的鸽子。

美丽的眼眸，美丽的双手，美丽的发丝。在这个庸俗的世上，为何能有如此美得不可方物的女孩？她会成为谁的新娘，会躺在谁的怀抱之中？想到这些，他就觉得无比惋惜，无比可悲。虽然不知道她将在何时结婚，不过他想，那一天必定是应当被诅咒的一天。雪白的后颈、乌黑的头发、暗绿色的丝带、银鱼般的纤纤玉指、镶嵌着宝石的金色戒指……因为车内拥挤不堪，他又站在车窗之外①，不会有人注意到他，他可以尽情欣赏这个女孩，将她美妙的身姿深深刻于灵魂之中。

到了水道桥和饭田町，上车的乘客越来越多。到了牛込站，他甚至差点被挤下了车。他一手抓紧黄铜柱子，同时眼睛片刻不离那个女孩，整个人完全进入了忘我陶醉的状态。到市谷站之后又有五六个乘客上车，车里的人群挤来挤去，他的身子好几次都差点被挤到车外面。电线的响声从远处传来，周遭似乎变得吵闹了起来。发车的提示铃响起"哔"的一声，电车开始往前行驶。刚驶出两三间、正在开始加速的时候，不知是出了什么状况，站在他旁边的至少两三个乘客突然失去重心倒了过来；而他陶醉于女孩的美貌，不知不觉间松开了抓着柱子的手。瞬间，他那庞大的身躯在空中翻了一个大大的跟头，紧接着像个可怜的大皮球一般骨碌碌地滚落到了铁轨上。乘务员尖叫了一声"小心"，但为时已晚。好巧不巧，下一班上行电车正好轰隆隆地驶来，铁轨上这一大块黑色物体立马被拖拽了三四间远，鲜红的血在铁轨上留下一道长长的痕迹。

警笛铃声大作，仿佛空气都被那刺耳的尖啸声撕裂。

---

① 当时日本的路面电车车厢外有一个平台，乘客也可站在车窗外。

妖 妇

织田作之助 / 著

神田的司町在大地震前叫"新银町"。

这一带住着许多工匠，比如木匠、泥瓦匠和砌屋顶、制作榻榻米的匠人。町中不但有运河的卸货场，还紧邻一个蔬果市场。即使是与同属闹市区的日本桥和浅草相比，新银町也呈现出一种独特的风貌，是很有神田地域风格的一片土地。

这儿的人性格急躁，喜欢凑热闹看稀奇，而且整个町都很爱慕虚荣。即使是偏僻后巷破烂小店的店主，只要一到三月份的女儿节，甚至不惜拿店里的东西去抵押，也一定要在家中布置上雏人偶。父母们会给女儿置办能穿一整年的漂亮衣服，还会让她去学三味线、学跳舞。有的家庭为此掏空家底，甚至欠下沉重的债务。但做到这种地步的时候，家里的女孩通常已经练出了优美的身段，习得了一身本领，成了一名合格的艺伎。

安子的家里在新银町经营着一个名叫"相模屋"的榻榻米作坊。相模屋是自江户时代经营至今的老字号，已经传了四代，作坊里雇了四五个工匠。但小女儿安子出生的时候，经营已经十分困难了。长子新太郎放荡不羁，从不帮家里做工，打十五岁开始就一直游手好闲。二十一岁的时候他被征入军队，两年后复员归来，立马拿了家里的钱，与浅草私娼窟的一个老相好的妓女私奔去了横滨。刚生下小孩，第二个月又跑回来找家里要钱。父亲是死板老实的工匠性格，不喝酒，平日话也不多。如此做事认真的一个人，对新太郎自然意见很大。但母亲总是会护着新太郎，而父亲是上门女婿，不好与妻子争执，也只好妥协。母亲是一个好面子、心软又溺爱孩子、很唠叨的女人。

　　安子就是由这样的母亲一手带大的。安子比其他小孩懂事更早，身体发育也比别人快，但不知为何偏偏很晚才会说话，一开始大家甚至都以为她是个哑巴。到四岁的时候，她还只能说一些很简单的语句。安子虽然不太能说话，却喜欢对人颐指气使。母亲觉得这种对他人颐指气使的性格说明安子自尊心很强，反而特别开心，对她更为娇纵，无论什么要求都满足她。

　　安子的确自尊心很强。就算男孩子欺负她、打她，她也不会逃跑、不会哭泣，只是忍着眼泪怒气冲冲地瞪着对方。但有的时候，只要有一丁点儿小事不合她的心意，她就会发出刺耳的哭声，甚至直接穿着外出的和服在满是泥水的路边撒泼打滚。安子如果有什么想要的东西，就算不择手段也要拿到手。她五岁的时候发生了这样一件事：住在附近的一个叫阿仙的女孩家里的茶具柜上有一个小狗摆件，安子向阿仙索要这个摆件遭到拒绝，于是安子就趁阿仙不在家的时候上她家玩，趁机偷走了那个摆件。

　　安子是年初出生的，所以七岁就进了小学 ①。她的皮肤白皙、鼻梁挺拔、下唇微微突出、眼角上翘得恰到好处，相貌称得上是个美人。因此一到三年级，她就已经吸引了许多男生的注意。受当地风气的影响，这所学校的校风不怎么好，早熟的学生上了二年级就开始互送情书；到了三年级，这样的学生就占到了班上的一半。情书的内容五花八门，比如"今晚是不动明王的缘日，我们一起去参拜吧""我把这本绘本借给你，你可别给其他女孩看""你昨天穿的和服真好看，明天也穿那一件来""听说小文昨天欺负你了，你别担心，今天我就去收拾那小子一顿"之类。如果对方也写了情书回

———————

① 日本的学年从每年的四月一日开始，而根据日本的教育制度，满七岁方可就读小学。也就是说，若出生日期在一月一日至四月一日期间，则可在满七岁当年入学，若出生日期在四月二日至年末期间，则只能于次年八岁时入学。

应，两人的情侣关系就得到公认，男生一方会把女生一方称作"我的女人"，女生一方则把男生一方称作"我的心上人"。朋友们起哄时，两人就会脸红着低下头，但心里其实是非常高兴的。

安子每天早上去教室，打开书桌抽屉之后总是能看到好几封情书。但是，安子只把阿健一个人当作"心上人"。阿健身强力壮，是附近的孩子王，他的家里是开杂货铺的，铺子就在安子家的对面，两家隔着一条马路。

然而，上了四年级之后的某一天，安子拿着铅笔和笔记本找到裁缝铺家的小春，对他说："我把这些给你，你就做我的'心上人'吧。"说这话的时候，安子一直用带有一丝魅惑的目光望着小春。

小春是个沉默寡言、老实文静的男生，因为成绩很好还当上了班长。他其实已经有了交往的女生，对方名叫雪子、面色苍白、性格文静，同样也是班上的班长。但是在这种情况下，小春仍然毫不犹豫地答应了安子。从那一天起，他便成了安子的"心上人"。

当天放学回家的路上，玩伴阿仙问安子："小安，你为什么要甩了阿健啊？"安子脸上露出意味深长的微笑，说道："小仙，我告诉你的话你不能对别人说哦。其实呢，我一直努力学习想当第一名，但现在还只是第十名。我很不甘心，所以我就想，既然自己当不了第一名，那就让第一名的小春成为我的'心上人'。这件事一定要保密哦，明白吗？"

"可是你不是已经有阿健了吗？"

"阿健跟小雪在一起就可以了。"

安子话音刚落，一直鬼鬼祟祟跟在后面的阿健一下子冲了过来，像疯了一样头也不回地从安子旁边跑了过去，连身上和服的腰带都松掉了。安子望着阿健的背影，耸了耸左肩，说道：

"这人真讨厌。"

星期天，安子与阿仙一起去澡堂，没想到在木板墙另一边的男澡堂里有人把水泼过来。

"谁啊！不要恶作剧！"安子朝着男澡堂的方向大声吼道。

"你能怎样？不服的话就到男澡堂来啊！哈哈哈哈……女生再怎么虚张声势也不敢进男澡堂吧？哼，蠢货！"

当听清了男澡堂传过来的声音是阿健之后，安子登时来了火气。

"如果我进去了呢？"

"那我就趴在地上向你道歉！"

"哦？"

"你要是进来了，我就趴在地上喝肥皂水！"

"好，那你可别反悔！"

说完，安子一下子站起来，打开澡堂隔墙上的小门，一丝不挂地走进了男澡堂。她把毛巾搭在肩上，毫不遮掩自己的乳房，大大咧咧地站在那里。

"我进来了。你趴在地上喝肥皂水吧。"

阿健立刻把脸转到一边。不一会儿，他又像是想起了什么似的，突然跳进了浴池之中，好久都没有出来。

"你这是什么意思？我可没叫你跳到水里去，我是叫你喝肥皂水呢。哼，明明不敢喝还大言不惭。真是个胆小鬼！"

说完这句话，安子就回到了女澡堂。安子的身体发育得早，此时她的胸部已多少有些成长。

从寻常科 ① 升入高等科之后，安子的胸部发育得更加引人注目，关于她美貌的传言也传到了学校以外，她因此受到了附近年

---

① 日本旧学制"寻常小学"的初级课程，大致相当于现在的小学；后文"高等科"为其后的高级课程，大致相当于现在的初中。

轻男人们的关注。安子家隔壁是一家甜品店，一到夏天就会售卖冰水和蜜豆，还会搬出木椅供客人使用，所以每到这个时节，店门口总是会聚集一帮町内的男青年。某一天，安子放学回家后换上了年轻女孩穿的长袖和服，再在脸和脖子上抹上粉，准备出门去练习跳舞。这时，聚集在隔壁甜品店门口的五六个男青年就直直地把目光投向安子的腰。当安子练习结束回家的时候，男人们不但盯着她看，甚至还用言语调笑她。安子扔下一句"一群黄毛小子看什么看"，然后就冲回了家中。

只不过，如果鱼店的阿铁也在这群男青年里，安子就会一言不发，而且还会忸怩地红起脸来。她似乎感到有一种夏夜特有的苦闷充斥在心中。阿铁是须田町附近鱼店老板的儿子，今年十九岁，浅黑色的脸庞，留着贴合脸型的平头发型，瘦削的身材透出一种精干的气质。

不久，安子的父母就听说，安子和阿铁似乎走得很近；还有人说，不动明王缘日的那天夜晚，自己看到了两人在寺院的阴暗处抱在一起；甚至还有人说看到了阿铁把安子带回了家里。听到这些传言，安子的父母着实吃了一惊。因为长子新太郎游手好闲，长女阿德又已经嫁到了埼玉，于是家中就把一个名叫善作的工匠招作次女千代的上门女婿，并决定把店铺传给善作。没想到，举办了婚礼之后，善作知道了千代曾经有过男人，结果双方大吵了一架，最后善作便离开了相模屋。

前脚刚发生了这件事，后脚就传来了关于安子的风言风语。父亲哀叹子辈们的不肖，之后便把安子关在家中二楼，不让她去学校，也不让她去练舞，彻底禁止她外出。就连好友阿仙来找她，也被以"安子去亲戚家了"为由拒之门外。

然而安子只是被阿铁夺走了初吻，并没有像父亲所说的那样，已经失去了女人的贞操。所以，她试图说服母亲，让母亲替自己说情。

"我只是和阿铁看了电影、去了面馆而已，为什么要把我关起来？母亲，我真的没做那种事，那些传言都是假的。所以您去求求父亲，让我出去吧？"

心疼安子的母亲立刻去找父亲说明情况，但平日一向对妻子妥协的父亲此时偏偏寸步不让。

"有没有和阿铁做过那事，看体态就能看出来。她那副样子，绝对不是清白之身了！"

这之后又过了二十来天。母亲觉得一直把女儿关在二楼，传出去不好听，于是就去跟丈夫说，就算不让安子去学校、去练舞，至少让她去学学裁缝。阿仙从半年前开始就每天去学，现在手艺已经很好了。这次父亲也显得有些慌乱，终于答应了妻子的要求，让安子去今川桥的裁缝老师家里去学习。

时隔二十天，安子终于再一次呼吸到了屋外的新鲜空气。可是，自己明明什么都没做还被关在家里，这使得她至今对父亲抱有怨恨。她想，既然父亲非要认为自己做了那些事，那自己干脆就真的去做来试试。反正自己已经无辜被关，现在做点儿坏事也算捞回了本，不然的话就只有自己吃亏。此时的安子开始抱有一种恶作剧式的好奇心，她想搞清楚众人大惊小怪的"那件事"到底是什么。

今川桥的裁缝老师家里住着一位叫荒木的男学生。荒木留着长发，似乎是这家的什么亲戚。他时不时会跑到练习场来，似乎是有事找老师。看到他，美丽的安子心中升起一种空虚的苦闷。安子来这里学习了大概一个月后，某一天老师去出席町上的一个葬礼，要出门将近一个小时。荒木看准这个机会，来到楼下的练习场对安子说：

"小安，我这里有个好东西要给你看看，你能来我房间一下吗？"

"好东西？是什么？"

"来了你就知道了。要不了多久的。"

"还卖关子……"

说着话，安子就跟着荒木上了二楼。刚进房间，荒木就突然把安子抱住。从荒木的呼吸中能闻到一大股酒味。安子没有作声，就呆呆地站着。一种想要了解未知世界的强烈好奇心在安子的肩膀和胸口激烈搏动。

不一会儿，安子就出了房间。她觉得很没意思，原来众人大惊小怪的事情也不过如此而已。第二天，在荒木的邀请下，安子跟随荒木离家出走，躲到了热海的一家旅馆里。想了解更多的强烈好奇心与想给父亲一点儿颜色看看的想法促使安子答应与荒木私奔，但仅仅过了三天，她就被家里人抓了回去。当安子回到新银町家中的时候，她已对荒木没有丝毫留恋。在她心目中，荒木只不过是一个无聊的男人。

就连平日温和的父亲这次也怒不可遏，拿着缝榻榻米的粗针追着安子打，一直追到二楼。母亲哭着把父亲拦住，之后把安子暂时送到了远嫁埼玉县板户町的大女儿家中。安子在乡下无所事事地晃悠了三天，在正月的时候回到了新银町。母亲心疼安子，想着让她至少回东京过个年。可是安子虽然回到了家中，父亲却根本不允许她出门，相当于又把她关了起来。安子整日躺在暖炉边，嘴里念叨着：

"让我出去我还不出去呢，外面那么冷！"

只不过到了节分①当晚，安子还是想去神社看看撒豆仪式，就偷偷从家里溜了出去。从神社回来的路上她又顺路去了豆汤店，回

① 指立春前一天。日本民间有在这一天撒豆驱邪的习俗。

到家中的时候，大门已经锁上了。她敲了敲门，屋里只是传来咳嗽声，并没有人应门。

"是我啊，开一下门吧。我偷偷去神社是我不对，让我进去吧……"

然而，还是没有人来给她开门。

"不开就算了！"

安子突然朝门上踹了一脚，转头就去了阿仙家。

"小安？这么晚了有什么事……"

"我明天要去乡下了，今天是来和你告别的。"

之后两人便聊起了朋友之间的闲话。安子本来打算拜托阿仙让自己留宿一晚，但转念一想，就算阿仙不说什么，阿仙的母亲也肯定不愿意一个在街坊近邻之中恶评风传的女孩留宿家中。两人又聊了一会儿，安子说：

"如果明天你见到我父亲就告诉他，今晚我去了本乡那边的乡下，在叔母家里住的。"

说完，安子就孤零零地走入了寒风之中。然而走着走着，她又调转脚步折回了神社。再去一次神社当然已经没什么意思，她只不过是被节分夜晚的那种热闹的气氛所吸引走了过去。

正当安子被涌动的人潮推挤、漫无目的地往前走着的时候，突然听到有人在叫她。

"喂，小安！"

安子回过头去一看，是神田一带的一个名叫折井的混混。从一年前开始折井就时常跟在安子屁股后面晃悠，安子一直觉得这人很讨厌。但是在空虚寂寞的时候，哪怕是和这种男人说说话，也能聊以自慰了。

两人开始并肩往前走。这时，折井问道：

"怎样，跟我去浅草那边吧？"

和一年前不同，现在的折井说话带有一种不容分说的压迫力。折井在神田一带只不过是个不起眼的小角色，但这一年间在浅草却是混得有头有脸，还当上了那边的黑帮团伙"黑姬团"的团长。去了浅草之后，折井又给安子买簪子，又带安子去豆汤店。在夜市买戒指的时候，店家一看是折井来买，都给便宜了三成。

"现在都这么晚了，我也没法回家了啊。"

听安子这么说，折井应了句"包在我身上"，然后就把她带到了一家漂亮的旅馆里。一进房间，一个带有红色友禅纹棉被的暖炉便映入眼帘。安子立马去洗了个热水澡。对于在寒冷的冬夜中走了许久的安子而言，此时包裹全身的温暖仿佛是来自折井。她不再觉得折井是个讨厌的男人了。

虽然安子一开始做好了打算，如果折井有什么非分之想的话她就一把将折井推开，但当折井抱住她的时候，她的心里反而涌起了强烈的欲望。

折井与荒木不同，他极其精于男女情事，据说甚至还有吉原的风尘女子为他哭泣。就连在耳边低语的情话他也很是熟练，在折井面前，安子才觉得自己真正成了女人。

第二天，折井带着安子在浅草一带四处晃荡。折井把安子介绍给了"黑姬团"的团员，安子这才真正接触到了黑道的世界。男性团员们被安子的美貌和豪爽的性格迷住了，都把她称作"大姐"。自尊心很强的安子不愿意去做那些恐吓胁迫、偷鸡摸狗之类的小事，能入她眼的都是一些连折井都退避三分的"大活儿"。没过多久，安子就被捧为了团长。她在浅草街上大摇大摆、招摇过市的那副样子，仿佛是哪个华族家的大小姐。然而，这件事很快传到了她父母的耳朵里，父亲二话不说就把她揪回了新银町。

此时，相模屋雇用的工匠已经只剩下一个人了。在头发已经花白的父亲面前，安子跪了下来，发誓自己再也不会做出格的事。住在芝圣坂的一个企业家是父亲的老主顾，父亲就把安子送到了那个企业家的宅邸里去学习社交礼仪。然而，这家的大小姐长得丑还喜欢梳妆打扮，而且老是对安子吆五喝六。安子强忍着待了十来天，终于还是憋不住想走了。某天晚上，这家的男主人甚至对安子使了一个暧昧的眼色。安子怒从心头起，第二天就把大小姐的珍珠戒指、纺绸衣带和御召绉绸的和服布料全部顺走，然后跑到浅草去找折井，如愿地躺在了这个在女佣室里日思夜想的男人怀中。然而第二天早上，警察就来带走了安子，把她拘留在了锦町署。之后安子又被送到了检事局，却因还未成年而被释放，最后她的父亲来把她接了回去。

发生了这种事，安子的父母也没脸再在新银町待下去了。一家人把店里的家当打好包，连夜跑去了埼玉的乡下。当然，还有一个原因是家里已经欠了一屁股的债。

安子也跟着父母去了埼玉，但仅仅过了三天她就腻烦了乡下的无聊生活。刚巧在这时，一直在横滨的兄长新太郎赶了过来。

他对安子说：

"要不要来横滨当艺伎？"

"艺伎啊，行吧。"

连新太郎自己都有些惊讶。他没想到安子答应得如此干脆。可是，父亲比他还惊讶。

"说什么蠢话！"

父亲本想让安子打消这个念头，可转念一想，安子现在这个样子肯定是没法名正言顺地结婚了，可是如果就这么一直放任不管，还不知道之后要惹出什么乱子。既然如此，还不如就听新太郎的，让她去从事风俗业，这样她反而可能还会老实一些。说不定，她这辈子就是注定要干这一行的。想到这里，父亲似乎也看开了，不再明确反对新太郎的提议。

"唉，随便你们吧。"

之后没多久，安子就跟随新太郎去了横滨，成了一名艺伎。她预支了薪水，但其中的一大半都被新太郎卷走了。当时，安子还只有十八岁。

雏人偶

芥川龙之介 / 著

两对雏人偶 ①，重见天日之时，是否还记得对方面容。

——芜村

这是一位老妇人讲述的故事——

某年十一月，家里决定把一套雏人偶卖给横滨的一个美国人。我们家的字号叫"纪之国屋"，祖上代代都是为各个大名筹措资金的御用商人。尤其我祖父紫竹又是个在生活娱乐上非常讲究的人，所以家里给我置办的这一套人偶也是相当精致。就说那对皇宫人偶吧，在皇后宝冠的璎珞上镶嵌着珊瑚，天皇的纺绸饰带上刺绣着交叉错落的正副家纹——总之，是非常精美的一套人偶。

连如此精美的人偶都要卖掉，我的父亲——第十二代家主纪之国屋伊兵卫——当时经济状况有多窘迫也就可想而知了。德川家垮台后，减轻了御用金的只有加贺藩，而且也仅仅是从高达三千两的总额中削减了一百两而已。还有因幡藩，他们征收了四百两的御用金，作为回报却只是赐给我们家一个赤间石的砚台。偏不巧家里那段时间还发生了两三次火灾，尝试做洋伞生意也赔得精光。为了糊口，家里稍微像样点儿的家什几乎全都变卖换钱了。

这时，一个姓丸佐的古董商就劝我父亲把家里的雏人偶也卖掉。这个古董商是个秃头，现在已经过世了。说起他的秃头啊，可真是让人笑掉大牙。在他的头顶正中有一块狗皮膏药似的刺青，据他本人的说法，似乎是年轻的时候因为头顶有点儿秃，为了遮挡而

① 在日本的女儿节（三月三日），一些有女孩子的人家会在家中摆上一整套人偶，以祈求女孩子健康成长。

特地刺上去的。没想到之后连后脑勺也秃得干干净净，最后就只剩下那一块刺青还留在头顶上。虽然这个丸佐劝了父亲很多次，但父亲觉得我还只是个十五岁的小女孩，就这样把那套人偶卖掉的话我未免太可怜了，所以一直犹豫不决。

最终决定卖掉人偶的是我的哥哥英吉。现在他已经去世了，不过当时他还只有十八岁，是个性子很急的人。哥哥大约就是当时所谓的那种"开化人"，整天捧着英文书看，还特别喜欢谈论政治。他觉得雏人偶这种东西属于社会旧弊，又不实用，留着也没意义，总之就是一个劲地贬低。而母亲又是个传统保守的人，因为这事，他们两人争吵了很多次。不过可以确定的是，如果卖掉这套人偶，一家人就有钱过年了。大约就是因为考虑到这个，母亲在一脸愁容的父亲面前并没有特别坚持自己的主张。最后，就像刚才我讲到的那样，雏人偶在十一月中旬被卖给了横滨的一个美国人。您问我当时的态度？我当然也闹了别扭，但小时候性格还是大大咧咧的，所以也没有特别伤心。而且父亲还答应我，等把雏人偶卖掉以后就给我买一根紫缎衣带。

和父亲约定好之后的第二天晚上，刚从横滨回来的丸佐就上门来拜访了。

我们家遭了三次大火，之后也并没有好好地把房子重新修缮过。一家人暂且住进侥幸逃过火灾的仓库，然后在外面搭了个棚屋，勉强充当店面。当时家里临时经营起了药铺，药架上摆满了写着"正德丸""安经汤""胎毒散"这些药名的金色牌子，但并没有药放在那里。另外架子上还放着长明灯——光是这样说您可能想象不出来，说是长明灯，其实就是一盏把菜籽油当灯油用的旧式油灯。说来可笑，直至今日，只要一闻到中药的味道，一闻到陈皮、大黄的味道，我总是会想起那盏长明灯。那天晚上，长明灯也一如既往地在满是药味的屋子里发着微弱的光。

秀头的丸佐和终于剪掉了发髻①的父亲相对而坐，长明灯就放在两人的中间。

"这里是对方提前支付的一半金额，您先清点一下。"

寒暄完之后，丸佐拿出一个纸包，里面装着钱。看样子，双方是约定好了在今天先支付定金。父亲把手伸向火盆，之后低头鞠了一躬，什么也没说。就在这时，我按母亲的吩咐端了茶过来。我正要把茶递过去，丸佐突然大声说："这不行，这绝对不行！"我一下子愣住了，还以为他是说我端来的茶不行。这时，我看到丸佐的面前放着另外一包钱。

"这也不多，就是一点儿心意……"

"心意我收到了，但这钱我绝对不能拿，您收好……"

"您这就让我难办了……"

"可别开玩笑，这是您让我难办啊。咱们两家人都是老交情了，以前令尊还在世那会儿就对我们店非常照顾，我怎么能拿这钱？所以您千万别这么见外，赶快把钱收好……哎呀，大小姐也来啦。晚上好！哦，今天梳的这蝴蝶髻可真好看！"

我倒是没太在意这件事，一边听着两人互不相让的争论，一边回到了仓库之中。

仓库大约有十二张榻榻米大小吧。听起来好像很大，但里面要放柜子、长火盆、衣箱和置物架，这样一来剩下的空间就没多少了。在这些家什里，最引人注目的是三十多个桐木箱子。不用说您也知道了，那就是存放雏人偶的箱子。箱子整整齐齐地摞在窗下的

---

① 日本明治初期颁布《散发脱刀令》后，在男性中间开始流行剪去发髻的披散短发，并将这种西式发型作为"文明开化"的象征。

墙边，以便随时都能交给购买者。因为长明灯拿出去接待客人了，整个仓库里就只有房间正中央亮着一盏火光昏暗的灯笼。借着这盏老旧灯笼的火光，母亲在缝着装药的袋子，哥哥则在一张又小又旧的桌子上摊开一本英文书，似乎在查什么东西。这些本来都是早已见惯的光景。然而，在母亲穿针引线的时候，我无意间往她脸上瞥了一眼，发现她那低垂的双目之中竟然满是泪水。

我刚给客人端了茶过去，本来还满心期待着母亲的夸奖……这么说可能有点儿夸张，总之就是想着母亲能表扬一下自己。然而没想到母亲居然在哭。此时我只感到手足无措，甚至都没来得及为没被夸奖而失落。我走到哥哥的旁边坐下，视线尽量避开母亲。这时，哥哥突然抬起头来，狐疑地望望我又望望母亲，脸上露出意味深长的笑容，然后又接着看他那本横排版的书。这时，我突然觉得自诩"开化"的哥哥甚是可恨——他竟然在嘲笑母亲！我越想越气，冷不防重重地朝着哥哥的背上打过去。

"你干什么？"

哥哥瞪了我一眼。

"打死你！打死你！"

我一边哭，一边抬起手又要打。然而，我忘记了哥哥是一个急脾气的人。我的手还没有落下去，他就朝着我的脸上一巴掌甩了过来。

"真不懂事！"

我当然立刻就哭出了声。与此同时，一把尺子狠狠地敲到了哥哥身上。哥哥马上转过头去和生气的母亲对峙。母亲也不让步，用低沉而颤抖的声音与哥哥争吵起来。

两人吵个不停，而我只能在旁边伤心地哭。直到父亲送走丸佐、拿着长明灯从店里回到仓库之后我才安静下来。不，不只是我，哥哥一看到父亲的脸也立刻闭上了嘴。在我和哥哥的眼里，沉默不语的父亲尤为可怕。

当晚，父亲收下一半定金的同时，也和对方约定好，雏人偶会在这个月末交付给那个横滨的美国人。什么？您问卖出的价格？现在看来可能会让人觉得不可思议，但是那些人偶似乎只卖了三十圆。按当时的物价，这个价格其实已经算很高了。

交货的日子越来越近。正如我刚才所说，失去人偶并没有让我特别悲伤。然而，随着约定的日子一天天临近，不忍与人偶离别的心情还是让我愈加难受。不过，即使我还是个小孩，也明白已经答应的事情不能反悔。我只是想在雏人偶交予他人之前再好好欣赏一遍。天皇与皇后，五个乐师，摆在左边的樱花树和摆在右边的橘子树，还有灯笼、屏风、莳绘这些装饰品……我打心底期望能够在这仓库里把它们摆出来最后欣赏一次。可是，无论我怎么恳求，顽固的父亲也不肯答应。他对我说："说好要卖的东西，无论放在哪里，都已经是别人的了，怎么能够随便乱动！"

快到月末时，某一天突然刮起了大风。母亲说她有些不舒服，不知道是因为感冒还是因为下唇上长的那颗米粒大小的肿块，总之那天她就没有吃早饭。与我一起收拾好厨房之后，她就用一只手按住额头，在长火盆旁边俯着身子，一动也不动。到了正午时分，我无意间瞥了一眼她抬起来的脸，才发现原先那长着肿块的下唇已经肿得像红薯一样了。而且母亲的瞳孔颜色看起来不太对劲，很明显现在她正发着高烧。看到母亲这副样子，我当然吓坏了，连忙疯了似的冲到店里去找父亲。

"父亲！父亲！母亲生病了！"

父亲和哥哥一起进了屋。看到母亲脸上那可怕的模样，两人都呆住了。就连平时遇事不惊的父亲此时也是一脸茫然，一时说不出话来。母亲自己反倒尽力挤出微笑，对我们说：

"嗨，没什么的，只不过是嘴上长了个小肿块，用手指甲抓破了而已……我现在就去做饭……"

"别硬撑了！做个饭而已，让阿鹤去就行了！"

父亲几乎是大吼着打断了母亲的话。

"英吉！去把本间医生叫来！"

话音未落，哥哥就飞奔了出去。

这位叫本间的医生是个中医，哥哥平时一直觉得他是个庸医，看不起他。本间医生看到母亲的情况之后，疑惑地抱起了双臂。按医生的说法，母亲脸上的肿块叫做"面疔"。其实面疔可以手术治疗，并不是特别可怕的病。但当时我们全家都惊慌失措，根本没想到要去做手术，只是熬药给母亲喝，用水蛭吸出肿块里的坏血。父亲每天都在床边熬本间医生开的药，而哥哥则每天拿十五钱出去买水蛭。至于我……我瞒着哥哥到附近的稻荷神社作了百度参拜①，祈祷母亲尽快康复。因为出了这件事，谁也没有再提起雏人偶。包括我在内，家里所有人都无暇去顾及堆在墙边那三十来个桐木箱子。

然而，到了十一月二十九日——也就是交付人偶的前一天，我一想到这就是能与人偶一同度过的最后时光，就怎么也按捺不住想打开那些箱子的冲动。可是无论我如何恳求，父亲就是不肯答应。我立刻想到让母亲去帮我说情，但母亲此时的病情比之前更加严重了。她什么东西都吃不下去，只能喝粥，而且嘴里还开始不断冒出带着血的脓水。看着母亲的这副样子，就算是个十五岁的小女孩，

---

① 一天之内在神社、寺院内往返参拜祈祷一百次，据传此种参拜方式对祈愿疾病痊愈等特别灵验。

也说不出口"想把人偶拿出来摆上"这种话了。我从早上起就一直守在母亲枕边偷偷观察她的神情，一直等到下午三点，还是没能把那句话说出来。

就在我的眼前，在那扇镶嵌着铁丝网的窗户下面，装着雏人偶的桐木箱子还是原封不动地放在那里。而过了今晚，它们就将离我远去，被送到横滨的外国人家中……或许，之后还会被带到美国去。想到这里，我实在是忍受不下去了。于是，趁母亲睡着，我偷偷溜去了店里。店内虽然见不到什么阳光，但与仓库不同的是这里能看到大街上的行人，所以还不算死气沉沉。父亲在店里检查账簿，哥哥则在房间的角落，正往研药钵里放甘草还是什么东西。

"父亲，我求求你……"

我窥探着父亲的神情，又提出了之前已经提了多次的那个请求。然而，他别说答应了，根本就是把我的话当了耳边风。

"这事你之前不是已经提过了嘛……喂，英吉！趁现在天还没黑，你到丸佐家去一趟！"

"去丸佐家？把他请过来吗？"

"就是去拿盏煤油灯过来而已。你回家的时候带回来就行了。"

"丸佐店里有煤油灯吗？"

父亲毫不理会一旁的我，罕见地笑了出来。

"当然没有，又不是烛台……是我之前拜托他帮我买一盏煤油灯。毕竟他买比我自己买靠谱多了。"

"那盏长明灯就不再用了吗？"

"那灯也是该退休了。"

"确实，用旧的东西该换就换。等用上了新的煤油灯，母亲的心情可能也会好些吧。"

之后，父亲又闭上嘴，默默地拨起了算盘。他没有理会我的请求，这让我更加着急了。我又从后面摇了摇父亲的肩膀。

"父亲，您就同意了吧，父亲……"

"烦死了！"

父亲没有回头，突然大声地吼了我一句。这时，哥哥在一旁盯着我的脸，一副幸灾乐祸的模样。我失望至极，垂头丧气地回到仓库，却发现母亲不知什么时候已经睁开了眼睛。她正用迷离的眼神望着举到眼前的手掌。看到我之后，她用异常清晰的声音问我：

"父亲刚才骂你什么了？"

我一时不知该如何回答，只好默默摆弄着母亲枕边的小药刷。

"又去缠着父亲了吧？"

母亲瞪了我一眼，然后似乎非常吃力地接着说道：

"毕竟我现在卧病在床，家里什么事都是父亲在做，你一定要听话，别给他添麻烦。我知道，隔壁那家的姑娘经常出去看戏……"

"我才不想看什么戏……"

"不一定是看戏，想要的东西太多了也不太好，比如簪子、衬领之类的……"

我听着听着，心里涌出一股不知是懊悔还是悲伤的情绪，眼泪一下子就流了下来。

"母亲……我其实什么都不想要……我只是想在雏人偶被卖出去之前再……"

"雏人偶？卖出去之前？"

母亲瞪大了眼睛望着我。

"我就想在人偶卖出去之前……"

我正犹豫要不要说下去，却突然发现哥哥英吉不知何时已经站在了我背后。他低头望着我，用一如既往的冷酷语气说道：

"你怎么这么不懂事！还惦记着什么人偶，忘了父亲刚刚才骂过你？"

"唉，算了，别再一直说你妹妹了……"

母亲有些不耐烦地闭上了眼睛。可是，哥哥仿佛没有听到母亲的劝阻似的，又继续斥责我。

"你已经十五岁了，怎么还这么任性！不过是一堆人偶而已，到底有什么舍不得的？"

"要你管！那又不是你的人偶！"

我不甘示弱地顶撞了回去。之后，便又是和平时一样——你一言我一语吵了几句之后，哥哥便揪住我的衣领，一下子把我推倒在地。

"你这疯丫头！"

这时候，如果母亲不拦着哥哥，恐怕他已经动手打我好几下了。所幸，母亲在床上半抬起头来，喘着粗气呵斥道：

"阿鹤什么都没做，你这是干什么！"

"因为她说什么都不肯听话。"

"我看，你不只是看不惯她吧。你……你……"

母亲双目泫然，几度欲言又止，看那神情似乎悔恨不已。

"你也看不惯我吧？不然的话，怎么会偏偏要在我病倒的时候把人偶……把人偶卖掉，还欺负什么都没做错的阿鹤……我说得对不对？你为什么这么恨我们……"

"母亲！"

哥哥突然大叫一声，然后呆呆地站在母亲枕边，用手肘遮住了自己的脸。连后来父母去世时哥哥也是一滴眼泪都没掉，他长年奔走于政治，一直到最后被送进疯人院，都从未露出过软弱的一面。然而这次，他却啜泣了起来。情绪激动的母亲似乎也被哥哥的样子惊到了,她长叹一口气,把已经到嘴边的话咽了下去,又躺回了枕头上。

这场争吵发生大约一个小时后,开小酒馆的德藏跑到了店里来。他有一阵子没到这边来了。准确地说,他以前是开酒馆的,现在,这个年轻人干起了四处跑腿的人力车车夫。德藏以前闹过很多次笑话。我现在还想得起来其中有那么一次跟取姓氏相关的。明治维新以后,德藏也决定给自己取一个姓氏。为了让名字听起来威风些,他就打算把"德川"作为自己的姓氏。然而申请提交上去之后,工作人员却把他骂得狗血淋头。按德藏的说法,对方当时怒气冲天,恨不得立刻就把他拖出去砍了。而今天,德藏拉着一辆当时那种旧式的画着牡丹和中国狮子的人力车,优哉游哉地晃到了店门口。我们正纳闷他为什么到店里来,结果他说,今天反正都没有客人,所以就想把我拉到会津原和炼瓦大道那一带去转转。

"你要去吗,阿鹤?"

我跑到店外去看人力车,而父亲故意摆出一本正经的表情望着我。要说现在,坐人力车这种事就连小孩也没什么兴趣。但是对当时的我们而言,坐人力车就像坐汽车一样开心。然而,母亲毕竟卧病在床,而且刚才又吵得那么厉害,我想去也不好意思说出口。尽管如此,我还是畏畏缩缩地小声说道:"我想去。"

"那你去问问你母亲吧。难得人家德藏专程过来接你。"

如我所料,母亲闭着眼睛微笑道:"那挺好啊。"这时候,那个坏哥哥去丸佐那边了,刚好不在家里。我仿佛忘了自己刚刚才哭过,兴冲冲地跳上了那辆配着红色膝毯的、轮子嘎吱嘎吱响个不停的人力车。

那时在车上看到的景色现在就无需赘述了,但我直到现在都会和人聊到当时德藏发的牢骚。德藏拉着我刚走上炼瓦大道,就差点儿和对面一辆西洋妇人乘坐的马车撞上了。虽然最后有惊无险，但德藏还是恨恨地咂了咂舌，对我说道：

"不行不行。小姐，您太轻了，我要刹车的时候都停不住脚……所以说啊小姐，车夫们也挺不容易的，您在二十岁之前最好别去坐人力车。"

接着，人力车进入炼瓦大道旁的一条小巷，朝着家的方向奔去。半路上，突然碰到了我的哥哥英吉。他的手上提着一盏煤竹柄的座式煤油灯，正在快步往家里赶。一看到我，他就叫了一声"等等"，然后举起煤油灯示意我们停下来。但是德藏的手脚更快，此时他已经灵巧地转过车把，朝着哥哥的方向靠了过去。

"辛苦了啊，阿德。刚才是上哪儿了？"

"嗨，没啥。今天就是带着小姐在江户到处转转。"

哥哥苦笑着走到人力车旁。

"阿鹤，你先把煤油灯带回去，我得去一趟油铺。"

毕竟才和哥哥吵了架，此时我故意赌气一言不发，默默地接过了油灯。哥哥刚走出去两步，又马上折了回来，把手搭在人力车的挡泥板上，叫了我一声。

"阿鹤，你回家之后可千万别在父亲面前再提人偶的事了。"

我仍旧沉默不语，心想，你才欺负了我，现在怎么又来教训我了？而哥哥似乎仍旧不放心，又小声接着说道：

"父亲不让你拿出来看不仅仅是因为人偶已经被人买下了，还有一个原因是你越看就会越舍不得。懂了吗？明白了吗？如果明白了的话，之后就别再像先前那样去缠着父亲让你看了。"

从哥哥的声音里，我感到了以前从未有过的一种温情。可是，哥哥这人实在太奇怪了，刚才明明还言辞恳切，这时又突然变回他平时那副样子，用恐吓的口吻对我说：

"当然，你想去尽管去。不过，到时候你就等着瞧吧。"

扔下这句狠话之后，哥哥就不知道走到哪里去了，完全没有理会一旁的德藏。

当晚，我们一家四口围坐在桌边吃晚餐。不过母亲还躺在床上，只是抬起头来吃东西，所以坐在桌边的其实只有三个人。不用说，今晚的餐桌比以往的任何时候都更明亮华美，因为昏暗的长明灯已经换成了一盏崭新的煤油灯。哥哥和我在吃饭的时候也时不时往灯那边看。装着煤油的透明玻璃壶，守护着"不动之火"的灯罩，这美丽而奇异的灯自然而然地把我们的视线吸引了过去。

"真亮啊，就像白天一样。"

父亲转头看了看母亲，心满意足地说道。

"都有点儿晃眼睛了。"

母亲脸上浮现出一种近乎不安的神色。

"毕竟是用长明灯用惯了。不过一旦用过煤油灯，就再也适应不了之前的长明灯了。"

"新东西一开始都比较难适应，不管是煤油灯还是西方的学问都是如此……"

哥哥显得比我们几个人都要兴奋。

"其实只要习惯了都一样。过不了多久，我们也会觉得这煤油灯也不够亮。"

"也有几分道理……阿鹤，你怎么还不把粥给母亲盛上？"

"母亲说她今晚已经吃不下了。"

我心不在焉地转述了母亲的话。

"这可不好办……真的一点儿食欲都没有？"

听父亲这么问，母亲无奈地叹了一口气。

"这煤油的味道闻起来总是不太舒服……我也真的是跟不上时

代了。"

之后，我们四个人便都很少说话，各自默默地动着筷子。只有母亲时不时会像突然想起来似的，用她那红肿的嘴唇挤出一个像是微笑的表情，夸上两句"这盏灯真亮"。

晚上十一点多的时候，家里人都睡了，但我无论如何就是睡不着。哥哥让我不要再提雏人偶的事，我自己也知道把人偶从箱子里拿出来已经不可能了。但是，想最后再看一眼人偶的心情仍然没有变。到了明天，这些人偶就会离开我，去一个遥远的地方。想到这里，我紧闭的双眼之中也涌出了泪水。我甚至想，要不要趁其他人都睡了，偷偷去把人偶拿出来看看？或者说，偷偷从里面拿出一个箱子，藏到外面的什么地方？可是，一想到被发现后会怎样，我就退缩了。那天晚上，我的脑子里想了很多可怕的事。比如我想，要是今晚再来一场火灾就好了。把人偶全部烧光，它们就不会落入他人之手了。我还想，要是那个美国人和丸佐都患上霍乱就好了，这样我们就不再需要把人偶交出去，能够把它们继续珍藏下来……但不管怎么说，我那时还是个孩子，所以这么东想西想了大约一个小时左右之后，我还是昏昏沉沉地睡了过去。

不知过了多久，我突然醒了过来，隐约听到亮着昏暗灯笼的仓库里有什么动静，像是有什么人在走动。是老鼠？小偷？还是说已经天亮？我感到有些疑惑，怯怯地睁开眼睛，竟然看到穿着睡衣的父亲正坐在我的枕边，侧脸朝着我。父亲怎么会在这里？然而，让我惊讶的还不仅仅是父亲。在父亲的面前，整整齐齐地摆放着那些雏人偶——自女儿节之后就再也没有见过的那些雏人偶。

那一瞬间，我以为自己是在做梦。我屏住呼吸，望着眼前这奇异的光景。在灯笼微弱的火光之中，我看到了手拿象牙笏的天皇，头顶璎珞冠的皇后，装饰在右边的橘树，装饰在左边的樱花树，举着长柄遮阳伞的随从，把高杯端到眼前的女官，文着莳绘的小镜台和小柜子，镶满贝壳的屏风，餐盘碗碟，彩绘的灯笼，彩线编成的手球——还有父亲的侧脸。

那简直就像在做梦……哦，我刚才已经说过了。可是，那天晚上我真的是在做梦吗？难道是因为我实在太想看到雏人偶，所以在不知不觉间产生了幻觉？时至今日，我也无法确定那光景到底是真是假。

但是在那个深夜，我确实看到了父亲。看到了那个独自一人望着人偶的、年老的父亲。就算真的是一场梦，我也心满意足了。因为我看到了一个眼神和我一模一样的父亲，一个虽然表面威严但内心柔情似水的父亲。

其实我很多年以前就开始写雏人偶的故事了，但现在才终于将此文完成。这次不单纯是因为泷田的鼓动，还有一个原因是四五日前我到横滨的某个英国人家里去拜访，在客厅里遇见了一个红发女孩，那女孩正在把一个古旧的雏人偶的头当做玩具摆弄。我想，这篇故事里的人偶说不定也会和铅制兵人和橡胶偶人一起被扔进玩具箱中，最终落得与那个古旧的人偶相同的命运。

叶樱与魔笛

太宰治 / 著

每到樱花飘落、新绿缀满枝头的时节，我总会想起那件事——老妇人开始了她的讲述。

三十五年前，父亲还在世的时候，我们一家搬到了岛根县日本海沿岸的一座人口两万有余的城下町。说是"一家"，其实母亲在七年前即我十三岁的时候就已经去世，当时的家里只有父亲、十八岁①的我和十六岁的妹妹。父亲是作为中学校长到这里来赴任，因为租不到合适的房子，一家人就在郊外靠近山的一座孤零零的寺院里暂借了两间离屋住下。我们在那里一共住了六年，之后父亲就被调往松江的一所中学。我结婚是在搬去松江之后的一个秋天。那年我二十四岁，在当时算是结婚很晚了。母亲去世得早，父亲又是一个极其顽固死板的老学究，几乎不理俗务。我很清楚，我出嫁之后这个家肯定会运转不下去，所以虽然之前来说媒的有好几个，但我就是不愿意抛弃这个家嫁到别处去。我想，等妹妹独当一面之后我应该多少能轻松一点儿。妹妹跟我不一样，她很漂亮，头发很长，很聪明也很可爱，但不幸的是偏偏身体不好。搬到城下町来之后的第二个春天，妹妹就去世了，这一年我二十岁，她十八岁。接下来我要讲述的就是那时候发生的故事。妹妹在那之前就已经病了很久了，病名是肾脏结核，非常严重。检查出来的时候，据说两边的肾脏都已经千疮百孔，医生明确跟父亲说，妹妹活不过一百天。总之是彻底束手无策了。一个月过去，两个月过去，一百天的期限越来越近，我和父亲却只能眼睁睁地看着。妹妹对自己的病毫不知情，

---

① 原文如此。

她虽然整日躺在病床上，看起来倒还挺精神，有时会开心地唱起歌，时常也会开些玩笑，或是向我撒娇。然而一想到她的生命只剩下三四十天，我就感到沉重不已，像全身被针扎一样痛苦。那段时间我几乎要疯掉了。三月、四月、五月——对了，就是五月中旬那一天。那一天我永远不会忘记。

山野被新绿所覆盖，空气温暖得让人甚至想脱得一丝不挂。然而于我而言，那新绿却显得极为刺眼。我独自一人垂头丧气地走在山间小路上，将一只手轻轻插在衣带里，脑袋里想着种种悲哀痛苦的事。我感觉自己几乎喘不过气来，但还是吃力地往前走。这时，从春日泥土的深处传来"咚、咚"的声音。这声音仿佛自冥界而来，微弱却传得极远，好似有谁在十八层地狱敲响了巨大的鼓。可怕的声音响个不停，我不知道它到底是什么东西发出来的，甚至怀疑是自己疯了。我呆呆地在原地站了一会儿，接着突然"哇"的大叫了一声，一屁股坐在草地上，放声大哭起来。

后来我才知道，那个可怕而古怪的声音是日本海海战 ① 中军舰大炮发出的声音。日本舰队在东乡将军的命令下展开了对俄国波罗的海舰队的歼灭战，双方当时激战正酣。我听到声音刚好就是在那时候。说起来，今年的海军纪念日 ② 也快要到了。总之，在当时，那座海边的城下町也能听到可怕的大炮声，城里的人都吓得魂飞魄散。但是我那时并不知道这些，满脑子都只想着妹妹的事，整个人都不太正常，所以总觉得那声音是来自地狱的鼓声，吓得在草地上埋头哭了很久。到天快黑的时候，我终于站了起来，像行尸走肉一

---

① 此处指 1905 年日俄战争中，日本联合舰队与俄国波罗的海舰队在对马海峡一带展开的海战。

② 为纪念在日本海海战中取得的胜利，日本将每年 5 月 27 日定为海军纪念日，后日本于第二次世界大战中战败，该纪念日废止。

般地回到了寺里。

"姐姐。"

妹妹叫了我一声。那时，妹妹已经瘦得浑身没有力气，她大概也隐约感觉到自己时日无多，不再像以前那样向我撒娇、向我提一些任性的要求了。这一点也让我很是心痛。

"姐姐，这封信是什么时候寄来的？"

我心里一惊，甚至能明显感觉到自己脸都吓白了。

"是什么时候寄来的？"妹妹似乎并没有多想。

让自己镇定下来之后，我答道：

"就是刚才到的，你还睡着呢，而且睡的时候脸上还挂着笑。我悄悄地把信放在了你枕边，你没注意到吧。"

"哦，确实没注意到。"在傍晚的昏暗房间中，妹妹的笑脸就像明月一样洁白而美丽，"姐姐，我刚读了这封信，但是好奇怪，这个寄信人我根本不认识。"

怎么可能不认识？我可是知道这个寄信人到底是谁。这个署名 M. T. 的男人。我知道得一清二楚。我没见过这个人，但五六天前我悄悄整理妹妹的柜子时，在一个抽屉里发现了一叠书信。这些信用绿色丝带紧紧绑在一起，被妹妹藏在抽屉的最深处。虽然知道这样做不合适，我还是解开了带子，读了信上的内容。信大概有三十来封，都是一个署名"M. T."的人寄来的。只不过，M. T. 这个名字并没有写在信封上，而是写在里面的信纸上。信封的寄信人一栏写的都是一个个女性名字，而且这些人都是妹妹现实生活里的朋友。我和父亲做梦也没想到，妹妹其实一直以来都在和一个男人通信。

这个叫 M. T. 的人一定很谨慎。他向妹妹打听了她许多朋友的名字，然后就用这些名字一封封地给妹妹写信。想到这里，我不禁暗自感叹如今年轻人的大胆。同时我也很害怕，害怕严厉的父亲知道这件事。可是，当我顺着寄信日期一封一封地读下去时，发现自己似乎也变得兴奋了起来，时不时地还会被信中那些笨拙的话语逗得一个人笑出声来。读着读着，我感到自己仿佛来到了一个更为广阔的新世界。

当时我不过刚满二十岁，怀着很多年轻女孩难以说出口的伤痛与忧愁。这三十多封信如同从山上奔流而下的河流一般，从我眼前汹涌流过。读到去年秋天寄来的最后一封信时，我不由得站了起来。我想，大概可以用"晴天霹雳"来形容我当时的感受吧。我惊呆了——妹妹和那个男人的恋爱不仅仅是精神上的，他们的关系已经走到了更为丑陋的地步。我把这些信全部烧了，一封也没有留下。M. T. 似乎是住在城下町的一个贫穷的歌人①。这个人多么可恨，他听说妹妹的病情之后就抛弃了妹妹，竟然还若无其事地在信里写什么"我们忘了彼此吧"之类残忍的话语。后来，他似乎就再也没有寄来过信。如果我对此三缄其口，一辈子不告诉任何人的话，妹妹直到死去都会是一个纯洁的少女。既然谁也不知道，我只要把这个令人痛苦的秘密藏在心里就好。可是，知道了这个秘密之后，我更觉得妹妹可怜。我的心里浮现出各种古怪的想象，如果不是这个年龄的女孩子，不会明白我当时的那种心痛、纠结和悲伤。对我而言这简直就是活地狱一般的折磨。我独自沉浸在痛苦之中，仿佛遭受如此对待的是我自己一样。当时那种状况下，我确实变得有些不太正常。

"姐姐，你把信读给我听吧，我一点儿都看不懂上面写的是什么意思。"

---

① 以创作和歌为职业的人。

我打心底厌恶妹妹的不诚实。

"可以吗?"我小声地问了一句。

从妹妹手上接过信的时候,我的手指抖得不知该如何是好。其实不用打开信我就已经知道里面写的是什么,但还是得摆出一副若无其事的样子把信读给妹妹听。我装模作样地看看信,大声地念了出来。信是这样写的:

今天我要向你说声对不起。至今我一直忍住没有给你写信,只是因为我感到很自卑。我又穷又没用,没法为你做些什么。我对你所说的话没有半点儿虚假,但同时我也憎恨自己的无能,因为除了言语之外,我没有任何办法证明自己对你的爱。我没有哪一天忘记过你,哪怕是在睡梦之中。然而,我却什么都帮不了你。在这种痛苦的折磨之下,我决定和你分开。你的不幸越巨大,我对你的爱情越深沉,我反而越难靠近你。你懂这种心情吗?我绝对没有对你说谎。曾经,我以为这种想法是出于自己的正义感和责任心,但我错了,彻彻底底地错了。我必须得向你道歉。归根结底,我只不过是想在你面前尽力表现得像一个完美的人。正因为我是如此孤独而无力,什么都做不了,所以至少要将真诚的言语赠予你。我相信,谦卑的美德正体现于此。为了你,我要尽自己的全力。哪怕多小的事都没有关系。哪怕只是送一朵蒲公英给你,我也要昂首挺胸地将它拿在手上。我相信这才是一个男人应有的、最为勇敢的态度。我不会再逃避了。我爱你。从今以后,我将每一天都为你写和歌,每一天都在你家院墙外吹口哨给你听。明天晚上六点,我就给你吹《军舰进行曲》。我可是很擅长吹口哨的。现在,我能为你做的暂时就只有这些毫无价值的事。你可别笑话我——不，你还是笑吧，你一定要精神起来。我相信，神明一定就在某处看着我们呢。你我都是神的宠儿，将来我们一定能有情人终成眷属。

  年年盼桃花 今年始盛开 人言桃花白 我见桃花红

  我会继续磨炼自己，一切都会好起来的。明天见。

M. T.

"姐姐，我知道哦，"妹妹用澄澈的嗓音小声说道，"这是你写的吧？谢谢你。"

我羞愧难当，恨不得当场将信撕得粉碎，再把自己的头发全部扯下来。这种感觉大约就是所谓的"坐立不安"吧。这信的确是我写的，因为我实在是不愿看到妹妹沉浸在痛苦之中。我本打算从现在起一直到妹妹去世为止，每一天都给她写信，努力作出一些哪怕很蹩脚的和歌；之后，每天晚上六点再偷偷跑去围墙外面，冒充那个男人吹口哨给她听。

我感到丢脸至极。还装模作样写什么和歌，太丢脸了。此刻的我大脑一片空白，一时不知该怎么接妹妹的话。

"姐姐，其实你不用担心我。"

没想到，妹妹竟出乎意料的平静，脸上露出的美丽微笑甚至给人一种高洁之感。

"你是看了那一叠用绿丝带绑起来的信吧？那些其实都是假的。因为我实在太寂寞了，所以从前年秋天开始就一直在偷偷写那种信，然后自己寄给自己。姐姐，你可不要笑话我。生了这病之后我才明白，青春到底有多珍贵。自己给自己写信这种行为肮脏、肤浅又愚蠢。我其实也想大胆地和男人出去玩，也想让男人紧紧地抱住自己。姐姐，我至今为止甚至都没跟外面的男人说过话，更别提有什么恋人了。其实你也一样吧，姐姐？我们都错了。我们太过听话了。啊，我不想死……我的手、我的指尖、我的头发，它们都好可怜。我还不想死，不想死啊……"

悲伤、恐惧、喜悦和羞耻充斥着我的内心，我一时陷入了混乱。我把自己的脸紧紧贴到妹妹那瘦削的脸颊上，一边流着泪，一边温柔地将妹妹抱住。就在这时，我听见了。那声音很小，似有似无，但毫无疑问就是用口哨吹的《军舰进行曲》。妹妹也竖起了耳朵。我一看钟，发现时间刚好是六点。一种难以言喻的恐惧将我们笼罩。我和妹妹紧紧抱在一起，一动也不敢动，只是默默地听着那奇异的口哨声越过庭院里的樱花树，传进我们的耳朵。

我坚信，世界上一定有神明存在。三天后，妹妹去世了。就连医生都很奇怪，她咽下最后一口气时竟然如此平静、如此干脆。可是，我一点儿都不吃惊。我相信这一切都是神的旨意。

如今我已经上了年纪，人也变得越来越俗气，说起来还挺不好意思的。或许是因为信仰没有以前那么虔诚了，我现在怀疑，当时的那个口哨说不定是父亲吹的。时不时我会想，有没有这么一个可能性：父亲从学校下班回来，在隔壁房间偷听到我们说话，即使是一向严厉的他也不免心疼妹妹，于是破天荒地表演了这么一场戏。如果父亲还在世，我倒是可以直接问他，不过他已经去世十五年了。唉，想来，那件事应该真的是神明降下的奇迹吧。

虽然这么想能让我自己安心一点儿，但现在毕竟年纪大了，物欲渐盛，信仰也不像以前那样虔诚了，实在是惭愧。

女生徒

太宰治 / 著

早上，睁开眼睛时的感觉非常有趣。玩捉迷藏的时候，一动不动蹲在漆黑的柜子里，这时小伙伴突然打开柜门，太阳光猛地射了进来，小伙伴大叫一声："找到你了！"被阳光晃到眼睛的同时，又有一种奇怪的尴尬。之后忐忑不安地把和服的前襟整理好，略微有些害羞地从柜子里出来，却又冷不防地想发火——差不多就是那种感觉。不，不对，也不是那种感觉，应该比那还要更纠结一些、更复杂一些。就好比打开一个盒子，发现里面有一个小盒子；把那个小盒子打开，里面又有个更小的盒子；再打开这个盒子，里面还有一个更小一些的盒子；继续把这个盒子打开，里面还有更小、更小的盒子。就这么打开七八个盒子之后，终于在里面看到一个骰子大小的盒子。然而将它打开，却发现里面空空如也，什么都没有——跟这种感觉更接近些。说什么醒来的时候眼睛会一下子睁开，那是骗人的。就仿佛粉末在浑浊的水中逐渐下沉，上方的水逐渐变得清亮。最后，双眼才在疲惫之中睁开。清晨总是让人莫名扫兴，心中会涌出许多伤心的事，令人难以忍受。好讨厌。好讨厌。早上的我是最丑陋的。两条腿都累得发软，而且什么都不想做。是因为晚上没有睡好吗？说什么早晨是最健康的，那都是骗人的。早晨就是灰色的，一向如此。而且，还是最空虚的。每天清晨我躺在床上，都会有一种非常厌世的感觉。真是太讨厌了。种种丑陋的悔恨一团糟地堵在胸口，让人难受不已。

　　早晨，真是可恶。

　　带着莫名的尴尬和喜悦，我小声叫了一声"父亲"。之后我起了床，麻利地叠好了被子。把被子抬起来的时候，我"嘿咻"喊了一声，紧接着突然惊住了。至今为止，我从未想过自己竟然会发出这种庸俗的声音。嘿咻。只有老婆婆才会这样说。这太俗气了。为什么我会发出这样的声音？难道在我身体里的某个地方隐藏着一个老太太？太可怕了，今后我得多加注意。这种感觉，就仿佛自己面对别人丑陋的走路姿势皱起眉头时，忽然意识到自己也在用同样的姿势走路。实在太让人沮丧了。

在早上，我总是没有自信。我穿着睡衣、没戴眼镜，就这么坐在梳妆台前望着镜子。自己的脸看起来有些模糊，又有些湿润。虽然自己整张脸上我最讨厌的就是眼镜，但眼镜也有一些别人不知道的好处。我就喜欢取下眼镜眺望远处。整个视野模糊不清，宛如梦境，又宛如西洋镜中的景象，真是太美妙了。如此这般，眼睛就不会看到任何污秽之物，只有很大的东西，以及鲜明、强烈的色彩和光亮才会出现在眼中。另外，我还喜欢取下眼镜看人。所有人的脸都像是在温柔甜美地笑着。还不仅仅是这样，取下眼镜之后，我就绝对不会再有与他人争执的想法，也不会去说谁的坏话，只会一言不发地待在那里。大概在别人看来，这种时候的我也显得更加温和。想到这里，我就一下子放松了下来，突然想撒娇，心境也平和了许多。

不过说到底，我还是讨厌眼镜。戴上眼镜之后，就感觉不到"脸"了。诞生于脸上的各种情感，浪漫、美丽、激烈、软弱、天真、哀愁……这些东西全都会被眼镜遮盖住。而且更可笑的是，戴上眼镜之后，也不能用目光来传递话语了。

眼镜，是个怪物。

不知是不是向来厌恶戴眼镜的缘故，我一直觉得，眼睛的美是最重要的。即使没有鼻子，即使嘴被遮住，只要这双眼睛能让看到它的人感到"我要更加美丽地活下去"，其他的事情就无所谓了。

我的眼睛只是单纯的大，并不美。如果盯着自己的眼睛看，就会感到很失望，就连母亲都说我的眼睛毫无美感。这大概就是所谓"无神"的眼睛吧。一想到自己是个丑八怪，我就颓丧不已。真是受不了。每次一望向镜子，我就打心底希望自己的眼睛能变得水汪汪的。我想要宛如蓝色湖水似的眼睛，仿佛躺在绿色草原上仰望青空一般的眼睛，有时甚至会有流云、鸟影清晰地映照于其中的眼睛。我想与更多拥有美丽双眸的人相会。

从今天早上开始就是五月了。一想到这一点，我就莫名有些兴奋起来。夏天就快到了，真让人开心。来到院子里，我的目光停留在了草莓的花上。父亲去世这事实让我感到很神秘。我觉得"人死去、不再存在于这个世界上"这个现象非常难以理解，我至今搞不懂是怎么一回事。我开始怀念起姐姐，怀念起以前分别的人，怀念起许久未曾见面的人。一到早上，总会想起过去的事，想起故人的事，这些无趣的回忆就像腌萝卜的气味一般围绕在身边，让人不胜其烦。

这时，加比和小可（因为很可怜，所以叫它小可）互相贴着对方的身子跑了过来。我把这两条狗并排放在面前，然后好好地疼爱了加比一番。加比身上那雪白的毛闪闪发光，非常漂亮，但小可脏兮兮的。我很清楚，当我疼爱加比的时候，旁边的小可会露出仿佛要哭的神情。我还知道，小可有残疾。它总是很伤心，我不喜欢它。我知道它非常可怜，所以故意这么欺负它。小可看起来就像一条野狗，不知道什么时候就会死在打狗人的手上。它的腿脚有残疾，所以大概是跑不快的。小可啊，你赶快逃到山里去吧。没有谁会疼爱你，你还不如早点死了好。不只是对小可，有时候对其他人，我也会做出些不好的事来。我会使人困扰、惹人发怒，是个很讨人厌的女孩。我坐在外廊边，一边摸着加比的头，一边望着翠绿夺目的青叶。这时，一阵悲伤的情绪突然向我袭来，我甚至想一屁股坐到泥地上了。

我想哭出来。我屏住呼吸，把眼睛都憋得充了血，以为这样多少能挤出一点眼泪，但还是不行。我大概已经变成一个流不出眼泪的女孩了。

我只好放弃，然后开始去打扫房间。我一边打扫，嘴里一边哼着《唐人阿吉 ①》，还时不时四处张望。平时我都热衷于莫扎特或者巴赫，没想到居然会无意识地哼起了《唐人阿吉》，真有意思。在抬起坐垫时我嘴里会冒出一句"嘿咻"，打扫时又会哼起《唐人阿吉》的曲子，我觉得自己太堕落了。这样下去，我担心自己在说梦话的时候还会不会说出什么更粗俗的话来。想着想着，我又觉得自己十分滑稽。我停下拿着扫帚的手，独自笑了起来。

我穿上了昨天刚缝好的内衣。在胸前的部位，刺绣着一朵小小的白色玫瑰。只要穿上外衣，这刺绣就看不见了。谁也不知道我的内衣上有刺绣，这让我很是得意。

母亲最近在颇费心力地给谁说媒，一大早就出门了。打我小时候起，母亲就特别热心肠，对此我早已习惯，但看到母亲如此忙前忙后我还是有些惊讶。当然，我也很钦佩她这一点。父亲总是在做学问，所以母亲就把父亲该做的那份家事也一起做了。父亲不太喜欢社交，但母亲能让大家开开心心地聚在一起。两人虽然性格各异，却互相尊敬。两人的夫妻之情真是美丽无瑕——啊，我有些得意忘形了。

在热味噌汤的时候，我就呆呆地坐在厨房门口，眺望着眼前的

---

① 本名斋藤吉，幕末时期伊豆下田地区造船匠之女。在日方安排下成为时任美国驻日总领事哈里斯之妾，后投水自尽。后来出现了许多基于其经历改编的小说、戏剧等。

一片灌木丛。这时我突然产生了一种很奇怪的感觉。我总觉得在过去的某一刻以及将来的某一刻，我都像现在这样，用同样的姿势坐在厨房门口望着灌木丛，脑子里想着与现在同样的事。时不时，我就会产生这种感觉。当自己与别人坐在屋子里聊天的时候，我的视线会紧紧盯着桌子的边缘，而嘴却一直在动。此刻，我又会产生一种奇怪的错觉，似乎在曾经的某个时候，我也像现在这样，说着同样的话，同样望着桌子的边缘。而且，还坚信在将来的某刻会重现一模一样的场景。无论在多么偏僻的乡间小道上行走，我都会想，这路我以前似乎走过。当我一边走一边揪下路边的豆子叶片的时候，我又会想，我以前同样在这条路的这个地方扯下了这枚叶片。而今后，我还会走过这条路无数次，并且每次都会在同样的地方扯下同样的叶片。有时，还会有这样的事。泡澡的时候，我无意间看了一眼自己的手，这时突然又会想到，多年以后自己泡澡的时候，一定也会像现在这样无意间看向自己的手，然后心里猛然一惊。想到这里，我的情绪莫名低落了下来。某个傍晚，当我把煮好的饭盛到饭桶里的时候，我猛然感到身体里闪过了一个东西。说是灵感或许有些夸张了，该说是哲学的尾巴吗？总之，这个东西闪过之后，我的头脑、我的胸膛似乎都变得透明了。我忽然感觉自己能够平静地面对生活，就仿佛默默无声地把琼脂缓缓挤出来似的，度过随遇而安、美好轻松的一生。这时候已经顾不得什么哲学了。像一只偷东西的猫一样默默无声地活着总不是一件好事，想想还挺可怕的。那种精神状态如果长期持续下去，最终会变成耶稣基督那样的圣人吗？女基督，听起来可太怪了。

莫非，是因为我整日无事可做，不了解生活的辛苦，感受性不足以将每天无数的所见所闻全部消化，所以它们才会在我发呆的时候化身成怪物，一股脑儿全冒了出来？

我一个人在饭厅吃饭。这是我今年第一次吃黄瓜，黄瓜的青绿色里能透出夏天的气息。五月时，黄瓜的青色中含着某种让人空虚、让人刺痛又让人害羞的悲伤。一个人在饭厅里吃饭的时候，突然就很想乘上火车去旅行。读报的时候，我看到上面刊登了近卫先生的照片。近卫先生是个好男人吗？我不喜欢他那张脸，额头不好看。报纸上最有意思的东西是图书的广告。一字一行，广告费多达一百甚至两百日元，所以大家都绞尽脑汁，试图想出最精炼、最有宣传效果的文字。如此昂贵的文章恐怕世间少有，读来感觉很愉悦，很畅快。

吃过早饭，我便锁上门去上学。虽然我觉得今天不会下雨，但还是没忍住把母亲昨天给我的那把漂亮的伞带上了。这把洋伞是母亲还是个小女孩的时候用过的。拿到一把如此漂亮的伞，我颇有些得意。我想撑着这把伞漫步在巴黎的街头巷尾。等战争结束之后，这梦幻般的古风洋伞一定会流行起来的。这把伞和阔檐帽一定很配。穿上长下摆、低衣襟的粉色和服，戴上黑绢蕾丝的长手套，再在宽大的帽檐别上一朵美丽的紫花地丁。然后，在满是深绿的季节去巴黎的餐厅用午餐。当我一脸忧郁地用手撑着脸、望着大街上人来人往的时候，突然有谁轻轻拍了拍我的肩膀，紧接着，《玫瑰圆舞曲》[1] 响起……啊，太可笑了，太可笑了。我真正拥有的唯有这把老旧而古怪的长柄洋伞。自己实在是太悲惨太可怜了，就像卖火柴的小女孩一样。算了，我还是去拔草吧。

出门的时候，我稍微拔掉了一些门口的杂草，算是帮母亲干点儿活，这样一来今天说不定能碰到什么好事。同样是草，为什么有的草让人一看就想拔掉，有的草却让人不忍下手？可爱的草与不可

---

[1] 或指小约翰·施特劳斯于 1880 年所作的《南国玫瑰圆舞曲》。

爱的草，它们的外形明明就没有多大区别，但不知为何，惹人怜爱的草与招人厌恶的草还是能轻易区分开来。其实这本身就没有道理可讲，女孩子的好恶向来都是很随性的。拔了十分钟的草之后，我抓紧时间赶往车站。中途，我穿过了一条经过神社树林的小路，这是我一个人发现的近道。在森林中行走时，我无意间低头望去，发现到处生长着一丛一丛约莫两寸高的麦苗。一看到这青绿的麦叶我就知道，今年又有士兵从这里路过了。去年也有许多士兵带着马造访此处，在这片神社的树林里小憩了片刻。一段时间后我从这里路过，就看到了土里像眼前这样长出了许多麦子。不过，那些麦苗后来就没有再继续成长了。今年这些麦子同样也从士兵们的桶里掉落出来，生根发芽，苗壮成长。然而这片树林是如此黑暗，根本照不到阳光，这些可怜兮兮的小苗大概不会再长高了。

穿过这条小路后，我在车站附近遇到了四五个工人。工人们如往常一样，一直对我说一些不堪入耳的污秽之语。我很迷茫，不知该如何应对。本来我想一口气冲到前面去，把他们远远甩在后头，但这样一来就需要从他们中间挤过去，那实在太可怕了。但话又说回来，默默站着不动、等着对方逐渐走远其实更加需要胆量。这样做很失礼，可能会惹怒这些工人。我浑身都紧张了起来，几乎快哭了。为了掩盖自己的尴尬，我冲他们笑了笑，然后慢吞吞地跟在他们背后往前走。之后没有再发生什么，但乘上电车后，我心中的不甘仍然没有消散。我想赶快变得更坚强、更果决，面对这种尴尬境况也能做到面不改色。

电车车门旁边就有个空座位。我把文具放上去，整理了一下裙褶，正准备坐下，突然有一个戴眼镜的男人把我的东西挪开，在这个座位上坐了下来。

"不好意思，这是我找到的座位。"听我这么说，男人露出一丝苦笑，然后开始若无其事地读起报纸来。仔细想想，还真说不好是是谁脸皮厚，搞不好脸皮更厚的是我。

　　我只好无奈地把雨伞和文具放到行李架上，然后如往常一样，一手抓着吊环，一手唰拉唰拉翻着杂志，而脑子里则思考着一些奇奇怪怪的事。

　　就拿我自己读书这件事来说吧。毫无阅历的我恐怕除了哭也别无他法。我太依赖书上写的东西了。读一本书的时候，我就完完全全投入到书里面去，信赖它，被其同化，与其共鸣，并且试图把书中内容与现实生活联系起来。而读另一本书的时候，我又能迅速转换不同的心境。将别人的东西盗取过来转化为自己的东西，这种狡猾的才能算是我唯一的特长了。我讨厌这个狡猾又喜欢弄虚作假的自己。等多经历一些失败，多出一些洋相之后，我大概才会变得更成熟稳重一些。可是，就算经历了这些失败，我多半也仍然会编造出一堆借口，巧妙地粉饰一番，杜撰出一些看似像模像样的理论，然后洋洋得意地演上一场自欺欺人的戏码。

　　（其实这些话也是我从某本书上读到的。）

　　说实话，我也不知道到底哪一个才是真实的我。要是无书可读，没有了可供我模仿的模板，我又会怎样？大约会一筹莫展、畏畏缩缩，整天擤鼻涕吧。不管怎么说，每天都在电车里浑浑噩噩地幻想莫名其妙的东西是不行的。会有一丝讨厌的温度残留在身体里，让人烦扰不堪。虽然我也想设法解决这个问题，但不知道怎么才能找到真实的自我。至今为止的自我批判都显得毫无意义了。当我批判自己的时候，一旦触及自己讨厌、懦弱的地方，立刻就会为自己开脱，然后自我安慰，最终得出一个"何必为矫角而杀牛"的结论。这已经完全算不上什么批判了。不如什么都不去想倒还更好一些。

　　这本杂志里有一篇名为《年轻女孩的缺点》的文章，里面有各种各样的人发表的评论。读着读着，我觉得自己仿佛被说中了，感到一阵难为情。文章里发表评论的这些人，有的平时就给人愚蠢的印象，而他们在这里说的话也符合这种印象。有一些人从照片上看似乎很时髦，说起话来也是颇为装腔作势，实在滑稽，让人读着读着就笑出了声。宗教家们动辄就提信仰；教育家们三句不离"恩情"；政治家们喜欢引用汉诗；而作家们则总是装模作样地说一些看似很有文采的话。这些人都太自以为是了。

　　不过，他们的评论确实说到了点子上：没有个性；没有内涵；不了解什么是合理的希望、合理的野心——换句话说，没有理想；虽然有自我批判的意识，却没有积极地将其与自己的生活直接联系起来；不会反省；没有真正的自觉、自爱和自重；就算做出了有勇气的行动，却未必能为其造成的结果负责；能巧妙顺应身边人的生活方式，却并未对自己以及身边人的生活抱有合情合理的热爱；不具有真正意义的谦逊；只会模仿，缺乏独创性；欠缺人类生来固有的"爱"；虽然装作很高雅，却品位低下……除此之外还写了很多很多。里面的不少内容都让我觉得醍醐灌顶，根本没有办法反驳。

　　但是这篇文章里写的东西，总给人一种乐观的感觉，像是随便写写而已，跟这些人平时的想法差得很远。里面有很多"真正意义的""本来的"之类的形容，但谁也没有说明所谓"真正的爱""真正的自觉"到底是什么。这些人大概心里是知道的，既然知道，他们就该写得更具体一些。如果能一句话告诉我们该往左走还是往右走，给出明确而又有权威的指示，那就实在太好了。因为我们忘记了该怎么表现爱，所以不要对我们说"别这样做""别那样做"，而是要语气坚定地告诉我们"应该这样做""应该那样做"，我们一定都会照办的。莫非，其他人也没有什么自信？在这里发表意见的人，恐怕也并非在任何情境下都抱持着这样的观点。这些人指责我们没有合理的希望、合理的野心，可是如果我们开始追寻合理的理想，他们又是否会守护我们、指引我们呢？

我们心里隐约知道，哪里是我们应往的理想之地；哪里是我们欲往的美好之地；哪里又是成长之后才能到达的高远之地。我们都想拥有更好的生活，这正是所谓合理的希望、合理的野心。我们急于获得坚定而可靠的信念。可是，要把这些东西全都在一个女孩子的生活中呈现出来，那该需要多么巨大的努力。母亲、父亲、姐姐和哥哥们都有自己的想法（虽然嘴上说他们跟不上时代，但我们绝对没有蔑视人生的前辈、老人和已婚者。相反，我们还一直对他们抱有相当的敬意）。不仅如此，还有平日始终在打交道的亲戚、熟人和朋友。除此之外，还有用巨大力量裹挟着我们前行的，一个名为"社会"的东西。如果这所有的一切都要去想去看去分析，那就根本谈不上什么发展自己的个性了。保持低调，闭上嘴巴走大多数人走的路，应该是最取巧的方式了。另一方面，将面向少数人的教育向所有人普及，其实是一种极其残忍的行为。长大之后我逐渐明白，学校里教的东西和社会上的规则完全是两码事。如果一个人完全遵照在学校学的东西，那就会被别人当成笨蛋、当成怪人，没有出头之日，只能做一辈子穷光蛋。这世上真的有不撒谎的人吗？如果有，那这人一定永远都是输家。在我的亲戚里的确也有那么一个行为端正、信念坚定、以追寻理想为人生真正意义的人，但所有亲戚都在说这人的坏话，把这人当成傻瓜。既然知道这种人只会被嘲笑，只能做输家，我就实在无法不顾母亲和众人的反对去坚持自己的想法。这是一件很可怕的事。

小时候曾经有那么一次，我意识到自己的想法与周围人的想法截然不同，于是就去问母亲"为什么"。当时母亲一句话就把我打发了，接着就开始生气，说我不学好，像个混混一样。当时她看起来很伤心。我也问过父亲同样的话，但父亲只是笑笑，没回答我。之后他好像对母亲说了一句"这孩子想法很古怪"。随着年纪越来越大，我开始变得如履薄冰。哪怕是做一件洋服，我也会考虑别人的眼光。我虽然在心里偷偷爱着自己的个性，也想继续这么爱下去，但我不敢在人前将它明白地表现出来。我心里时刻想的是如何成为别人眼中的"好女孩"。当一群人聚在一起的时候，我就变得无比卑微，嘴里会不断冒出自己不想说的话，撒一堆违背内心想法的谎。因为我觉得，这样对我更有利。我讨厌这样。我期望道德标准能尽早发生巨大变化，这样我就不用如此卑微地去迎合别人，也不用因顾虑他人眼光而生活得小心翼翼。

哎呀，那边的座位空出来了！我连忙从行李架上取下文具和伞，迅速地坐了上去。在我的右边坐着一个中学生，左边则坐着一个穿着半缠棉衣、背着小孩的大婶。大婶年纪挺大了，却化着浓浓的妆，还梳着时下流行的发型。虽然脸还算好看，但喉咙的位置挤着一堆发黑的皱纹，看起来令人作呕，甚至让人忍不住想一巴掌打过去。一个人站着和坐着的时候，脑子里想的东西完全不一样。坐着的时候，总是会冒出一些没出息又消极的想法。在我对面那排座位上坐着四五个年纪差不多的上班族，每个人都神情呆滞。他们大约三十来岁，模样看起来让人很不舒服。所有人的眼神都是浑浊的，毫无霸气可言。可是，如果我现在对其中的某一人露出微笑，仅仅这么简单的一个表情，就可能让我逐渐深陷其中，最终不得不与对方结婚。女孩子的一个微笑就能决定自己的命运，这实在太可怕，可怕到难以置信。看来我还是得多加小心。说起来，今天早上我净想一些稀奇古怪的事。从两三天前开始，有个园丁来家里修整庭园，而我的目光就总是被他吸引过去。虽然那人怎么看都只是一个园丁，但唯独脸给人一种——说得夸张一点的话——思想家的感觉。他的皮肤很黑，看起来颇为干练；眼睛非常美；眉毛靠得很近；虽然他的鼻子是很大的蒜头鼻，但跟黑色的皮肤搭配起来，更显出一种坚强的意志。另外他嘴唇的形状也很好看。耳朵嘛，稍微有一点儿脏。至于手，那就是典型的园丁的手了。当他站在树荫下时，我不禁觉得，那张深深隐藏在黑色呢子软帽下面的面孔长在一个园丁身上着实有些可惜了。我曾经问过母亲三四次那人是不是一开始就是做园丁的，但只换来母亲的一顿臭骂。说起来，今天我用来包文具的包裹布，刚好就是那个园丁第一次到家里来的时候母亲给我的。那天我们家里搞大扫除，整修厨房的工人和修补榻榻米的工匠都来了。母亲整理柜子的时候发现了这张包裹布，于是我就要了过来。这张包裹布很漂亮，适合女孩用。正因为漂亮，将它系紧的时候我都不忍下手。像现在这样坐着的时候，我就把它放在膝盖上，一遍又一遍地欣赏、抚摸。甚至我还想让电车里的每一个人都来看看，不过大家似乎都没兴趣。如果有谁哪怕能看一眼这张可爱的包裹布，我嫁给他都可以。一想到"本能"这个词，我就想哭。人的本能过于强大，凭意志力无法与其抗衡。我时不时会在这样那样的情境下意识到这一点，接着我就会感到自己简直要疯了，只是傻傻地愣着，不知道该怎么办。仿佛有一种既非肯定也非否定的巨大之物从天而降，随意地拖拽着我四处游走。被它拖拽的时候，我的内心既有一种感到满足的情绪，也有一种带着悲伤冷眼旁观的情绪。为什么人不能满足于自身，一辈子都只爱自己呢？我实在不忍看到本能吞噬我至今为止的情感和理性。如果忘记了自我，哪怕只是一瞬间，之后我都会感到十分颓丧。原来在各种各样的自我之下都潜藏着本能——当清楚意识到这一点的时候，我几乎都要哭了，想大声呼喊母亲和父亲。然而，所谓真相说不定就隐藏在自己所讨厌的地方。想到这里，更觉自己可悲了。

转眼间就到了御茶水站。在站台下车之后，我的脑海似乎突然变得一片空白。刚才思考的那些东西，无论我如何努力，还是没办法回忆起来。我想继续刚才的思考，但脑海里空空如也，什么都没有。平时，我偶尔会碰到一些打动我的东西，有时又会遇上一些非常难为情的事，然而没过多久我就会将它们忘得一干二净——现在的状况就跟这个一模一样。"现在"这个瞬间很有意思。即使试图用手指去把它按住，它仍然会离我而去，而又会有一个新的"现在"取而代之。登上天桥的时候，我还在心里默念着什么"老天保佑"，真是太傻了。我可能幸福得有些昏了头了。

今天早上的小杉老师很漂亮，就像我的包裹布一样漂亮。老师与美丽的蓝色很是相配，而她胸前那朵鲜红的康乃馨也非常醒目。如果她不那么端着架子，我应该会更加喜欢她。可惜她太装腔作势，让人有些不舒服。她这个样子会很累吧。小杉老师的性格也有些难以捉摸，很多时候都让人猜不透。她的性格偏沉静内向，但常常会给人一种故意装作开朗的感觉。但是不管怎么说，小杉老师的确是一个充满魅力的女人，甚至让人觉得她在学校当老师都太可惜了。她在课堂上已经不如以前那么受欢迎，唯独我还一如既往地喜欢她。她就像住在深山湖畔古城中的一位公主，我总是忍不住赞美她。小杉老师讲的话为什么都那么生硬呢？难道是因为她不够聪明？这太可悲了。从刚才开始她就在滔滔不绝地教育我们要有爱国之心，可是这种事情我们都清楚得很啊，谁会不爱自己出生的土地呢？真是太无聊了。我把手放在课桌上撑着脸，呆呆地望着窗外的景色。天上的云形状很美，是不是因为风很大呢？庭院角落开着四朵玫瑰花，一朵黄色的，两朵白色的，还有一朵粉色的。我楞楞地望着那些花，心想，人类还是有可取之处的——毕竟，发现花的美丽之处的是人，爱上花的也是人。

午餐的时候，大家聊起了鬼故事。安兵卫姐姐给我们讲了"一高七大怪事"之一的"打不开的门"，把我们吓得哇哇乱叫。这个故事并不是惊吓式的，而是着重营造诡异的氛围，非常有趣。因为闹腾得很厉害，所以才吃过饭没多久大家又饿了。从"豆沙面包夫人"那里讨要了些奶糖之后，我们又继续投入到了恐怖故事之中。似乎每一个人都对这类神神鬼鬼的故事很感兴趣，是因为很刺激吗？之后，姐姐又给我们讲了久原房之助①的故事。这个故事很滑稽，不过不是鬼故事。

下午上图画课，大家都到外面的庭院里去练习写生。不知为何，伊藤老师总喜欢平白无故让我难堪。比如今天，他又让我为他的画当模特。早上我带来学校的那把旧洋伞在班里大受欢迎，大家都吵着要看，而这件事终于被伊藤老师知道了。他让我拿着这把伞，站在庭院一角的玫瑰边上，似乎是想把我的这副姿态画下来，拿去参展。于是，我便答应给伊藤老师当三十分钟的模特。只要能帮上别人的忙，我也很开心。可是，真到了与伊藤老师四目相对的时候，我却感到很累。画画的时候他一直在絮絮叨叨说个不停，而且不知道是不是因为注意力全都放在我身上，他说的那些话全都是跟我有关的，我甚至都不想理他，烦死了。他这人一点儿都不干脆，有时会发出奇怪的笑声，有时又在学生面前一脸羞涩。这种忸怩的模样真是令人作呕。不仅如此，他居然对我说什么"你让我想起了死去的妹妹"，简直受不了。他虽然算个好人，但过于装腔作势了。

要说装腔作势，我自己其实也一样。而且我的装腔作势还更加

---

① 久原房之助（1869—1965），日本实业家、政治家。

巧妙，巧妙得甚至连我自己都不知道该怎么办才好。假使我自嘲说"自己过于装腔作势以至于忘记了真实的自我"，这句话同样也是一种装腔作势，所以我实在是束手无策了。像现在这样一动不动地给老师当模特的时候，我也一直在心里默默祈祷"我想更自然一些、我想更真诚一些"。还是把书本抛在一边吧。沉溺于幻想、毫无意义的傲慢、不懂装懂，这样的生活态度才是应当被蔑视的。说什么生活没有目标，其实只要更积极地去面对人生、面对生活就好。说什么自己内心充满矛盾，其实只是表面上在思考、在烦恼，而实际上只是在整天伤春悲秋而已。说到底，只不过是顾影自怜罢了。不过，老师还真是看得起我，竟然让心灵如此污秽的我来当模特。我想他的画最终一定会落选，因为画上的人并不美。虽然我知道这样不好，但还是忍不住在内心嘲笑伊藤老师是个傻瓜——他连我内衣上有玫瑰花的刺绣都不知道。

就在这么默默站着的时候，不知怎的，我突然变得非常想要钱。只要有十日元就好。我现在最想读的书是《居里夫人》。另外，我还希望母亲健康长寿。当老师的模特真的很累，我已经浑身瘫软了。

放学后，我和寺院住持的女儿琴子悄悄地跑到"好莱坞"去做头发。完成之后一看，这发型并不是我想要的那种，我别提有多失望了。我看起来一点儿都不可爱，还显得傻乎乎的，这让我沮丧到了极点。特地悄悄跑到这里来做头发，到头来却把自己搞得像一只脏兮兮的母鸡一样，我现在肠子都悔青了。我们两人到这里来根本就是自取其辱。然而，琴子却在欢呼雀跃，大言不惭地说道：

"干脆我就这副打扮去相亲吧！"

说着说着，琴子似乎产生了自己真的马上要去相亲的错觉，她开始认真地烦恼起"头发上应该插什么颜色的花"或是"和服上应该系什么颜色的衣带"。

琴子这人头脑简单，还真是可爱。

"那你要和谁相亲呢?"我笑着问。

"这个当然要讲究门当户对。"琴子一本正经地答道。

我有点儿惊讶，就问她这句话是什么意思。结果她说，寺院住持的女儿当然要嫁进寺院，这样就一辈子都不愁吃穿了。听了她的回答，我更惊讶了。琴子这人毫无个性，而正因如此，她显得很有女人味。在学校，琴子的座位和我挨着，尽管我认为自己与她的关系并不算亲密，琴子却到处对别人说我是她最好的朋友。她确实是个很可爱的女孩。她每隔一日就会给我写信，平时还有意无意地给我提供一些帮助，我很感谢她。但她今天实在过于吵闹，我多少有点儿烦她了。与琴子分别之后，我乘上了公交车。这时，一阵莫名的忧郁向我袭来。在车上我看到了一个讨厌的女人，她和服的领口脏兮兮的，乱蓬蓬的红头发用一把梳子盘了起来，手和脚看起来也很脏。那张红黑色的脸显得闷闷不乐，甚至让人难以判断她是男是女。啊，我快要吐出来了。这女人挺着一个大肚子，有时还会自顾自偷笑起来，简直就像一只母鸡。不过，偷偷跑去"好莱坞"做了头发的我，跟她也并没有什么区别。

我想起了早上在电车里坐在我旁边那个浓妆艳抹的大婶。啊，好脏，好脏。我讨厌女人。正因为我自己也是女性，所以我很清楚女性心中那些肮脏的东西，简直令人厌恶得咬牙切齿。我感觉仿佛有一股抓过金鱼之后那种腥臭味浸透了我的全身，怎么洗都洗不掉。然而一想到自己每天也同样像这样散发着雌性的体臭，我就一下子醒悟过来，觉得自己不如趁现在还是个少女，一死了之算了。干脆生个病吧。患上个什么重病，汗水如瀑布般流下，身体变得消瘦不堪。到那时，我应该就能变得干净纯洁了吧。只要我还活着，是否终究无法从宿命中逃脱呢？我甚至感觉自己悟出了宗教上的道理来。

下了公交车之后，我稍微松了口气。我始终还是无法习惯交通工具，里面的空气沉闷得让人喘不过气来。还是双脚踏在大地上更好些。在泥土路上行走的时候，我就会变得更加喜欢自己。我终究还是太浮躁、太游手好闲了。想着想着，我小声地哼起了歌："回家啦回家啦，回家路上看什么？看那田里的洋葱，青蛙催我回家啦。"唱着唱着，歌里这小孩的优哉游哉让我都厌烦了起来。这种除了长个儿什么都不会的人真讨厌。我要做个好女孩。

回家时我每天都要经过这条田间小路，因为对它过于熟悉了，反而体会不到这一带的乡下到底有多安静，唯有树木、道路和田亩映入我的眼中。要不，今天我就假装成一个第一次到这乡下来的外地人吧。比如，我是神田一带某家木屐店老板的女儿，今天是有生以来第一次踏上郊野的土地。如果是这样的话，我会怎样评价眼前这番景象呢？这个想法很棒，可是也很悲哀。我摆出一本正经的表情，故作严肃地四处张望。从小坡道走下去的时候，我抬头仰望行道树上那些新绿的枝桠，轻声感叹了一句"哎呀"。经过一座土桥的时候，我停下来凝视了好一会儿桥下的小河，还对着映照在水中的自己学了两声狗吠。眺望远处田亩的时候，我眯起眼睛，做出十分陶醉的样子，轻叹道"真美啊"。路过神社的时候，我休息了片刻。神社的树林很黑，我慌慌张张地站起来，大叫着"好可怕"，缩着身子快步穿过了森林。然后，我装作惊叹于眼前明亮的景象，聚精会神地走在田间小路上，仿佛这所有的一切都是我第一次见到。走着走着，我突然感到一阵难耐的空虚寂寞，于是便在路边的草地上一屁股坐了下来。一坐在草地上，刚才还喜不自胜的心情突然"啪"的一下消失无踪，我感觉自己登时变得认真严肃起来。接着，我开始静静地反思近来的自己。为什么最近自己会变得如此颓丧，如此不安？我似乎总是在害怕着什么。前不久还有人这么对我说过："你最近越来越俗不可耐了。"

或许真的是这样。我的确是变得颓丧而又无聊了。又没用又软弱。我突然有一种想要大声喊叫出来的冲动。喊，就算想用大叫来掩饰自己的软弱无能也无济于事。得想个什么办法。我仰躺在青翠的草地上，心想，自己大约是恋爱了。

我试着叫了几声"父亲"。父亲！父亲！天上的晚霞真美。就连雾霭都变成了粉红色。一定是因为夕阳的光渗入了雾气里，所以雾霭才会染上如此柔和的粉红色吧。粉色的雾到处飘荡，时而穿过树林，时而行过路面，时而抚过草地。不仅如此，这雾还温柔地包裹着我的身体。雾气发着微弱的粉色光芒，轻轻地抚摸着我的每一根发丝。说起来，这片天空还真美。这是我有生以来第一次想对天空鞠躬低头。现在，我相信神明是存在的。这天空的颜色该怎么形容呢？像玫瑰？像大火？像彩虹？像天使的翅膀？抑或是像寺院？不，都不是，它比这些都还要更加庄严神圣。

我眼含热泪地想，我要爱这所有的一切。正当我一动不动地仰望着天空的时候，天空的颜色渐渐起了变化，变得越来越蓝了。我一个劲儿地叹气，甚至想在这里脱得一丝不挂。在我眼中，那些树叶和草都变得无比透明。无比美丽。我轻轻触碰了一下身旁的小草。

我盼望拥有美丽的人生。

回了家，才发现有客人来了。母亲也早已回到家中，那如往常一样热闹的说笑声传进了我的耳朵。家里只有我们两个人的时候，母亲无论脸上笑得多开心，嘴里都不会发出声音。可是与客人聊天时，她虽然脸上毫无笑容，嘴里却会发出尖利的笑声。我向客人打了招呼，然后立刻绕到后院，在井边洗了手，又脱下袜子洗了洗脚。这时鱼铺老板走了过来，对我说："让您久等了，多谢惠顾。"接着在井边放下一条大鱼便离开了。虽然我不知道这是什么鱼，不过看鳞片比较细小，估计应该是北海那边的鱼。我把鱼装到盘子里，又洗了洗手。这次，我闻到了夏日北海道的气息。这让我想起了前年到北海道姐姐家去玩的时候的事。姐姐住在苫小牧，大约因为离海很近，家里始终有一股鱼的腥味。傍晚时分，姐姐一个人在她家那空旷的厨房里用雪白纤细的手料理鱼的场景，至今都还历历在目。当时，我不知为何突然变得焦躁不安，非常想对姐姐撒娇。不过姐姐那时已经生下了小年，她不再属于我了。一想到这一点，就仿佛有一阵冷风向我吹来，我无论如何也无法走上前去抱住姐姐那瘦弱的肩膀。我虽然寂寞得要死，却只能呆呆地站在厨房的阴暗角落，望眼欲穿地凝视着姐姐那雪白纤细、动作轻柔的手指。过去的事全都令我怀念。"亲人"真的是很不可思议的东西。如果是外人，离得远了关系就会淡，就会渐渐忘记对方。而亲人则不同，即使远隔千里，你仍然会反复想起那些美好的回忆。

　　井边的胡颓子已经微微泛红，再过两周，大概就能吃了。去年的胡颓子就非常好吃。傍晚的时候，我正一个人吃着胡颓子，却发现加比在默默地望着我，看它可怜，就分了它一颗。加比马上就把那颗胡颓子吃了下去。我又给了它两颗，它也吃掉了。我觉得这很好玩，就去摇胡颓子树，噼里啪啦摇了一大堆果子下来，而加比则在树下吃得不亦乐乎。真是条蠢狗。吃胡颓子的狗我还是头一次见到。我踮起脚尖从树上摘下胡颓子放进嘴里，而加比则吃着落在地上的胡颓子。这场景真是滑稽。回忆至此，我突然想加比了，于是便喊了一声：

　　"加比！"

加比从正门那边大摇大摆地跑了过来。我突然觉得加比简直可爱得让人欲罢不能。我紧紧抓住加比的尾巴，而它轻轻地咬住了我的手。我忍住眼泪在它的脑袋上拍打了一下。而加比全不在意，跑到井边喝起了水，还发出很大的声响。

我走进房间，电灯正发出昏黄的光亮，而四下静寂无声。父亲已经不在了。果然，只要父亲不在，我就总觉得这个家里像是空了一大块儿出来，让人很不舒服。我换了和服，拿起脱下来的内衣，轻轻吻了吻上面的玫瑰刺绣。然后在梳妆台前坐了下来。这时，客厅那边又传来了母亲和客人的哄笑声。我突然感到一阵气愤。只有我们两个人在的时候，母亲是很让我喜欢的。可是一旦有客人来，她对于我似乎就突然变得疏远、冷漠了起来。每当这种时候，我就悲不自胜，而且还会突然想念起父亲来。

看着镜子，我发现自己的脸竟是如此神采奕奕。这张脸仿佛来自一个陌生人，它自由地散发着活力，似乎与我自身的悲苦全无关系。今天我明明没有抹腮红，然而脸上却红彤彤的；嘴唇上也隐约闪烁着红色的光，看起来很是可爱。我取下眼镜，试着笑了笑。我的眼睛也很漂亮，蓝蓝的，明净又澄澈。是因为我久久凝望着美丽的晚霞，所以眼睛才变得如此漂亮吗？真是太棒了。

我得意忘形地走进厨房，淘起了米。然而，这时我又感到一阵悲伤。我开始想念以前在小金井那个家，此刻我的胸口宛如灼烧一般。在那个美好的家中，父亲尚在世，姐姐也未出嫁，母亲还很年轻。放学回到家，总能看到母亲和姐姐在厨房或者饭厅里聊着什么有趣的话题。向她们讨点儿零食，然后一个劲儿地冲她们撒娇；或是故意找姐姐吵嘴，然后不出意料地被骂一顿，接着冲出家门，骑着自行车到很远的地方去。傍晚时分回到家中，又可以高高兴兴地吃一顿晚餐。在那些时光里，我真的很开心，既不会对自己吹毛求疵，也不会纠结于自己的不洁，只是整日对家人撒娇而已。那时的我理所当然地享受着多么大的特权啊。我什么都不需要担心，也不会感到寂寞，更不会感到痛苦。父亲很了不起，而姐姐也很温柔。那时我什么都依赖姐姐。可是随着年岁的增长，我变得越来越惹人厌，享受的特权不知不觉间也消失无踪，剩下的唯有赤裸而丑陋的自己。我已经完全无法对人撒娇，只是整日耽于沉思，痛苦也愈发多了起来。姐姐嫁去了别人家，父亲也已不在人世，整个家就剩下母亲和我两个人。想来母亲也一定非常寂寞吧。前不久母亲曾对我说："我这下半辈子活着也没什么盼头了。就算看到你，我也感觉不到任何的希望。原谅我吧。你父亲去世之后，幸福就与我无缘了。"听母亲讲，看到蚊子出来的时候，她会想起父亲；给衣服拆线的时候，她会想起父亲；剪指甲的时候，她会想起父亲；就连喝到好喝的茶的时候，她也会想起父亲。无论我怎样试图安慰母亲、陪她说话，我终究不是父亲。夫妻之情是这世上最为坚固的情感纽带，比基于血缘的亲情还要坚固。我察觉到自己又冒出了自以为是的想法，脸一下子就红了起来。我用湿漉漉的手把头发拢起来，然后开始"唰唰"地淘起了米。我打心底觉得，母亲是如此惹人怜爱，我一定要好好珍惜她。我希望自己这波浪卷的头发赶快复原，然后再长得更长一些。母亲一直以来都不喜欢我留短发，所以只要我变成长发，再好好梳起来给她看，她一定会开心的。不过话又说回来，我也不想为了讨好母亲做到这种地步，那未免太卑微了。仔细想想，近来我的那些焦虑不安都跟母亲有很大的关系。我想做一个完美符合母亲期望的女儿，但又不想委屈自己去讨好她。最理想的情况是，我就算不说出来，母亲也能明白我的心意。无论我如何任性，我都不会做出那种可能沦为世人笑柄的事；即使我感到痛苦寂寞，我也一定会坚守重要的底线，并且将自己的爱奉献给母亲，奉献给这个家。母亲只要绝对信任我、轻轻松松地生活下去就好。
我将来一定能独当一面，然后拼尽全力照顾好这个家。对于现在的
我而言，这就是最大的期望，也是我自己选择的人生之路。可是，
母亲却一直不信任我，老是把我当成小孩子。只要我说了什么孩子
气的话，母亲就会很开心。前不久我傻乎乎地拿出一把尤克里里，
兴冲冲地"叮叮咚咚"一通乱弹。母亲听了，似乎打心眼里觉得开
心，还故意装傻逗我："哎？下雨了吗？我好像听到雨声呢。"她大
概是真的以为我是在用心练习尤克里里吧。我感到很心酸，几乎快
哭出来了。母亲啊，我已经是大人了，这世上的事我什么都明白。
您不用顾虑，什么事都可以找我商量。家里的经济状况也都可以
一五一十地告诉我。只要您让我多考虑一下家里，我就绝不会再缠
着您给我买新鞋子。我会做一个勤俭善良的好女儿。这些都是我的
真实想法。尽管如此……这时，我忽然想起一首歌的歌词里就有一
句"啊，尽管如此"，不禁一个人"咯咯咯"地笑出了声。回过神
来，我发现自己正呆呆地把两只手插在锅里，就像一个傻子一样，
而思绪却不知飞到哪儿去了。

　　不行不行，我得赶紧给客人做晚餐。刚才那条大鱼应该怎么
办？总之先把鱼肉分切成三片，然后抹上味噌酱放一会儿吧。这么
吃的话一定很好吃。做菜这事必须得靠感觉。黄瓜还剩了一些，可
以拿来用醋拌一下。接着，就是我最擅长的煎蛋。最后还要再来一
个菜。对了！就做一道"洛可可"风格的菜吧。这道菜是我自创
的。具体而言，就是把火腿、煎蛋、欧芹、卷心菜、菠菜——总之
就是厨房里能找到的一切食材——拼起来装在多个盘子里，不仅注
重色彩搭配，而且摆盘也很讲究。这道菜并不费工夫，同时花费也
不多，虽然味道不怎么样，但能让餐桌变得丰富华丽，看起来就仿
佛一顿大餐。将欧芹装饰在蛋的下面当作"青草"；旁边加上一点

儿火腿充当"珊瑚";卷心菜的黄色叶片则以类似牡丹花瓣或是羽毛扇的形状铺在盘底;至于青翠欲滴的菠菜嘛,就权当"牧场"或者"湖水"了。将这样的拼盘端出两三个来摆在餐桌上,客人的脑海里一定会忽然浮现出路易王朝的盛景。或许实际做出来并没有那么好,但我做不出好吃的饭菜,就只能在卖相上下功夫,尽可能做得漂亮些,用这种方式来把客人糊弄过去。料理这种东西,外表就是最重要的,只要好看就不会有什么大问题。不过,这道"洛可可"风格的菜对绘画才能的要求尤其高。对色彩的搭配必须远远比常人敏感,否则就会搞砸,至少也得达到我这种细腻程度才行。我之前在词典上查过"洛可可"这个词的意思,词典上给出的定义是"华丽但缺乏内涵的装饰样式"。我一看就笑了——这定义还真是准确。美还需要什么内涵呢?纯粹的美本来就是无意义、无道德的,这毫无疑问。所以,我才喜欢"洛可可"。

如往常一样,当我一边做菜一边尝味道的时候,突然又有一阵猛烈的空虚感向我袭来。我感到疲惫至极,心情也阴沉了下来。各种努力都已经达到极限了,之后一切肯定都会变好的,最终……唉!我突然自暴自弃起来,也管不得什么味道什么卖相了,乱七八糟胡搞一通,然后一脸不悦地把盘子给客人端了过去。

今天的访客尤其令我不快。来客是大森的今井田夫妇和今年七岁的良夫。今井田先生已经快四十岁了,皮肤却像小年轻一样白嫩,让人很不舒服。而且他为什么抽"敷岛"这个牌子?抽这种带滤嘴香烟的人总给人一种不干净的感觉。抽烟还是应该抽不带滤嘴的。如果我看到有人抽"敷岛",甚至会觉得此人的人格都值得怀疑。今井田先生不停地朝天花板吐着烟,嘴里还一边嘟囔着:"哦,哦,原来是这样。"我记得他好像是夜校的老师。今井田夫人是个小个子,看起来畏畏缩缩的,举止也很粗俗。就算说到很无聊的事，她也会把脸贴到榻榻米上，扭动着身子，笑得喘不过气来。哪有那么好笑？她一定是误会了什么，觉得动作夸张的伏地大笑是高雅的行为。在这社会上，他们这种阶层的人大约是最坏、最肮脏的了。该说是"小资产阶级"还是"小市民"呢？他们的孩子也是一样，一副少年老成的样子，丝毫没有小孩应该有的天真和活力。当然我只是心里这么想，并没有表现出来，还是一如往常地鞠躬、谈笑，一边说着"好可爱好可爱"一边摸良夫的头，仿佛是我自己撒了一个谎，然后骗过了所有人。这么看来，说不定就连今井田夫妇都要比我更纯洁一些。吃了我的"洛可可"菜式之后，他们都夸我手艺好，这让我既心酸又气愤，甚至还想哭。不过我还是尽力挤出一张笑脸，陪他们吃了起来。然而，今井田夫人一直在扯一些愚蠢的客套话，搞得我气不打一处来，于是我终于决定跟他们说实话："这菜其实一点儿都不好吃。厨房里实在是找不出什么东西了，这只是没有办法的办法。"

　　我说的本来是毫无虚假的事实，没想到今井田夫妇却拍手大笑道："竟然说是'没有办法的办法'，这孩子还真是会说话！"我感到很委屈，甚至想扔下筷子和饭碗大声哭出来，不过最终我还是克制住了自己，还拼命在脸上挤出一丝笑容。这时，母亲也在一旁附和道："这孩子是越来越能干了。"她明明知道我现在很伤心，却为了讨好今井田夫妇，故意说这种无聊的话，一边说还一边呵呵笑。母亲啊，您何必如此卑微地去讨好这种人。面对客人的时候，母亲就不是母亲了，只是一个弱女子。就算父亲去世了，她也不用如此低声下气啊。我心酸到了极点，什么话都说不出来。客人们赶快走，赶快走吧！我的父亲是那么优秀的一个人，心地善良、人格高尚。如果因为父亲不在了，你们就随意羞辱我们，那你们还是赶快离开这里吧——我真的很想当面对今井田这么说。然而，我终究还是太懦弱，所以仍然继续给良夫切火腿，继续为今井田夫人夹腌菜。

晚餐结束后，我便立马躲进厨房，开始刷洗碗筷。我想赶快一个人静一静。我并不是自傲，只是觉得没有必要非得委屈自己去附和那种人，去给那种人赔笑。对于他们这类人，礼貌——或者更应当说是谄媚——也毫无意义。我讨厌这样，我再也不想这样了。我已经尽了全力。看到我今天强装出热情亲切的样子，母亲似乎也很开心，但是那样真的好吗？到底是把人际交往与自身真实情感彻底区分开、以看似积极的态度去待人接物更好，还是不管别人在背后说什么坏话都一直坚持自我、勇敢展现自己的内心更好？说实话，我难以判断。我羡慕有的人能够一辈子都生活在与自己同样软弱但善良的人群之中。如果能一辈子都过得轻轻松松，又何必非要去寻求辛酸劳累呢？活得轻松自在难道不好吗？

能够隐藏起真实的自己、努力去迎合他人，确实是一件难能可贵的事。但是，如果要我每天都面对今井田夫妇那样的人，去给他们赔笑，去应和他们的蠢话，我大概会疯掉的。这时我突然冒出一个很可笑的想法：我肯定是没法在监狱里活下去的。别说进监狱了，连女佣我也做不了，而且也没法成为谁的妻子。不，做妻子应该不一样吧。只要下定决心为了一个男人献出一生，就算再苦再累，也会感到生活非常充实，也会觉得人生还有希望。我一定也能成为一个好妻子，这是毫无疑问的。从早到晚忙得团团转；不停地洗东西；脏衣服积了很多的时候就会格外不高兴；永远烦躁不安，冷静不下来，仿佛患上了歇斯底里症一般，连死都不敢安心去死。而当把所有脏衣服一件不剩全部洗干净、并且将它们挂上晾衣竿的时候，我才终于可以放心地去死了。

今井田一家似乎要离开了。好像说是有什么事，要把母亲也一起带出去。母亲固然不该就这么唯唯诺诺地跟上去，不过今井田利用母亲去做事，今天也不是第一次了。这对夫妇的厚脸皮让我厌恶至极，我恨不得朝他们一拳打过去。把四个人送到大门口之后，我独自一人呆呆地望着黄昏下的小路，忽然又有一种想哭的冲动。

信箱里塞着晚报，还有两封信。一封是寄给母亲的，信封里是松坂屋的夏装打折活动广告单；另一封是我的堂兄顺二寄给我的。顺二最近要调任到前桥的连队，写信过来就是个简单的知会，然后让我替他向母亲问个好。军官的日常生活虽然没有那么丰富多彩，但每天都遵循严格且紧凑的作息时间表，这让我很是羡慕。因为生活总是很有规律，所以精神状态大概也会比较好。像我这个样子什么也不想做、什么也不用做，自然就有充沛的精力去做坏事。而如果我想学习，时间也是要多少有多少。说得夸张一点，我觉得即使是更大的欲望最终也能得到满足。如果谁能给我定一个努力的标准，那我就轻松省事多了。被他人严格约束，对我而言反倒是一件好事。曾经看某本书上写道，身处战地的士兵们只有一个欲望，那就是能好好睡一觉。我同情士兵们的劳苦，但也很羡慕他们。想要从可憎、繁杂且空洞的思考巨浪中彻底地解脱出来，放空大脑睡一觉——这种渴望极其清静单纯，只是想一想都令人神清气爽。我如果也能在军队里生活一段时间，好好地锻炼一下，或许会成长为一个更直率、更美丽的女孩吧。不过，也有像阿新这样，即使没有经历过军队生活，性格也非常率真的人。这么比起来，我真的是太糟糕、太坏了。阿新是顺二的弟弟，与我同岁。他为什么会这么可爱呢？在所有亲戚里——不，应该说是在全世界——我最喜欢的人就是阿新了。阿新的眼睛看不见。他还那么年轻，竟然就瞎了，真是造化弄人。在这种静谧无声的夜晚，他一个人在房间里，会是怎样的感受呢？如果是我们普通人，可以读读书、观观景，多少可以排遣一下寂寞，但阿新没法做到这些，只能一个人默默地待着。他曾经加倍努力学习，还擅长网球和游泳，而现在却陷入了无边的孤寂与痛苦之中。昨晚我想起了阿新，于是钻进被窝之后试着闭了五分钟的眼。只不过是在床上闭眼五分钟，我都觉得这段时间很漫长、很难熬，而阿新看不见却是从早到晚、日复一日。如果他能抱怨一下，发发火，或是说些任性的话，我心里反倒会舒服些。可是，阿新偏偏什么也不说。实际上我从未听他发过牢骚或是说别人的坏话。不仅如此，他说话总是语调轻松，神情也颇为天真无邪，而这就更加让我感到心痛了。

　　我一边打扫着客厅一边想着这些有的没的。而打扫完客厅，就该烧洗澡水了。烧水的时候，我坐在一个装橘子的纸箱上，借着微弱的煤油灯光把学校布置的作业全部做完了。这时水都还没有烧好，我只好又把《濹东绮谭》①翻出来读了一遍。这篇小说里写的那些事实并不讨厌也并不污秽，但字里行间处处能看出作者的装腔作势，而这就使得这篇小说莫名给人一种陈旧、不可信的感觉。难道是因为作者年纪太大了吗？可是外国的作家们即使年事已高，他们的作品仍然大胆而甜蜜，而且能从文字中间看出作者对书中角色的爱，这样的作品反倒让人无法挑剔。不过话说回来，这部《濹东绮谭》在日本已经算是优秀的作品了吧？在文字的背后能感受到一种真切而宁静的达观，让人倍感畅快。这个作者写的所有作品里，《濹东绮谭》最为技艺纯熟，也是我最喜欢的一书。我总感觉作者是个责任感特别强的人，他极其拘泥于日本人的道德，结果却适得其反，使得很多作品都显得过于生硬死板。过于感性的人常会表现出这种伪恶倾向，他们会故意给作品戴上扎眼的恶鬼面具，而这反

---

① 日本作家永井荷风的小说代表作。

而弱化了作品的力量。然而，在这部《濹东绮谭》之中，我读到了一种寂寥却又无可动摇的坚强，我很喜欢这一点。

洗澡水烧好了。我打开浴室的电灯，脱下衣服，把窗户大大敞开，然后静悄悄地泡起了澡。窗外珊瑚树那一枚枚青绿色的叶片在灯光下反射着耀眼的光辉。夜空中的星星在闪闪发亮，无论看多少次都是一样。我出神地仰躺着，故意不去看自己略微发白的身体，然而即使如此还是会隐约意识到这一点，自己的身体仍然闯入了视野的一角，清晰可见。静静想来，现在身体的白与小时候身体的白并不相同。太令人不安了，肉体竟然会无视我的意愿自顾自地成长，让我实在不知该如何是好。对于转眼间就将成长为大人的自己，我却毫无办法，这太可悲了。难道我只能顺其自然，眼睁睁看着自己变成一个大人吗？我希望永远保持人偶一样的身体。就算我试着像小孩子一样用力扑腾洗澡水，还是无法驱散心中的阴霾。我感到自己仿佛已经没有了活下去的理由，忽觉一阵悲痛。这时，院子外的空地上传来了小孩子略带哭腔呼喊"姐姐"的声音，这喊声让我深受触动。我知道那不是在叫我，但我很羡慕被那个小孩带着哭腔呼唤的姐姐。如果我也有一个跟我这么亲密、愿意向我撒娇的弟弟，我肯定不会像现在这样没出息，每天得过且过、浑浑噩噩地混日子。我一定会努力生活，并且能够下定决心将自己的一生都奉献给弟弟。不管日子过得再辛苦，我都能扛下来。就这样，我一个人瞎使劲胡思乱想了好久，回过神来更觉自己可悲了。

洗完澡，我突然想看星星，于是就到了院子里来。天上的星星仿佛都要落下来了。啊，夏天就快到了，四处传来蛙鸣声，麦田也在沙沙作响。每一次我仰头望向夜空，都能看到许多星星在闪闪发光。去年，不，应该是前年的事了，有一次我拗着非要出去散步，父亲虽然有病在身，还是陪我一起去了。父亲看起来总是那么年轻。他教会了我一首德语的小曲儿，歌词的意思是"你活一百岁，我活九十九"；他给我讲星星的故事，在我面前即兴作诗；他还挂着手杖、吐着唾沫、眨着眼睛和我一起散步。他真的是一个好父亲。我默默仰望星空，脑海里清晰浮现出父亲的模样。他去世已经一两年了，我这个女儿却变得越来越差劲，甚至还开始抱有许多不为人知的秘密了。

　　回到房间，我坐在书桌前用手撑着脸，眼睛望着桌上的百合花。百合花很香。只要闻到这个香味，就算我一个人无聊寂寞，也绝对不会生出什么肮脏的想法来。昨天傍晚我散步到车站附近，回来的时候便在花店买了这朵百合花。放上这朵花之后，我的房间仿佛焕然一新。只需轻轻打开房门，百合花的香气就扑面而来，再没有什么比这更好的了。静静望着这朵百合花，我的内心和肉体都真切感受到了超越所罗门王的荣华。我忽然回想起去年夏天的山形县之旅。上了山之后，我看到在山崖的中段盛开着一大片百合花。我先是讶异，接着便陶醉其中。然而我也清楚，如此陡峭的悬崖实在是没法爬上去，所以尽管心向往之，也只能远观，别无他法。这时，刚好有一个陌生的矿工从附近路过，他什么也没说，手脚麻利地攀上山崖，转眼之间就摘来了一大丛百合花，甚至两手都快捧不住了。然后，他面无表情地把这些花送给了我。这些花实在太多太多了。无论在多么华丽的舞台或者婚礼现场，都不会有人收到这么多的花吧。这是我第一次体会到"乱花迷人眼"的感觉。我得张开双臂才能勉强抱住这一大束雪白的百合花，这些花甚至挡住了视线，我都完全看不到前面了。那个可亲可敬又真诚的年轻矿工现在怎么样了呢？虽然他只是冒险给我摘了花，但那之后我只要一看到百合花，脑海里总是会浮现出他的身影。

　　我拉开书桌的抽屉，从里面翻找出了一把去年夏天的扇子。白色的纸质扇面上，一个元禄时代装扮的女人姿势随意地坐着，旁边还画着两束青色的灯笼草。一看到这把扇子，去年夏天的种种回忆便陡然冒了出来。山形的生活、火车之中、浴衣、西瓜、河水、蝉鸣、风铃。我忽然有种想拿着这把扇子去乘火车的冲动。扇子打开时的感觉很棒。扇骨"唰拉"一下子展开，仿佛整把扇子都变轻了。正当我转着扇子玩的时候，母亲回来了。看起来她似乎很开心。

"啊，累死了，累死了！"虽然嘴上这么说，她脸上倒并未露出不快的神情。毕竟她就是这么一个喜欢管别人闲事的人，真是没办法。

"这事还挺麻烦的……"母亲一边说着一边换了衣服，之后便进了浴室。

泡完澡之后，母亲又和我喝起了茶。她神色古怪地笑着，我正在猜测她接下来要说什么，她突然开口了。

"你之前不是一直说想去看那个《赤足少女》吗？那么想去的话就去吧。不过你今晚得先给我揉揉肩。干了活之后再去看电影，心情也会舒畅许多吧？"

听了这话，我高兴得不能自已。我的确一直想去看《赤足少女》这部电影，但因为我最近老是在玩，所以不好意思提这个要求。母亲察觉到了这一点，于是她想出了这个计划，吩咐我做一些事，让我能够心无挂碍地去看电影。我实在太喜欢母亲了，不由得开心地笑了出来。

像今天这样与母亲两人在家共度夜晚，似乎很久都没有过了，因为母亲总是有很多应酬。她也一定是不想被别人看轻，所以才在拼命努力。给母亲揉肩的时候，我甚至都能通过身体感受到她的疲惫。我一定要好好对待母亲。先前今井田一家来的时候我竟然还在心里偷偷骂过母亲，现在想来真是无地自容。我轻声对母亲说了一句"对不起"。一直以来，我凡事都只考虑自己，对母亲的态度总是任性而粗暴，而这样的态度会给母亲带来多大的痛苦，我却完全没有想过。父亲去世之后，母亲真的变成了一个弱女子。我总是说自己痛苦、自己难受，什么都要依靠母亲，可是母亲一旦想要稍微依靠我一下，我却感觉仿佛看到了什么惹人厌恶的脏东西似的。我真的太不懂事了。母亲和我都是一样的弱女子，今后我要满足于和母亲两个人的生活，随时为母亲着想。我还打算张罗一个以母亲为中心的日子，与她聊聊过去、聊聊父亲，哪怕只有一天也好。我想好好感受一下活下去的意义。虽然我在心底是担心母亲的，也想当一个好女儿，但在言行上仍旧是一副任性的孩子样。然而，现在的我又并不像孩子那样纯洁无瑕。我污秽不堪，总是做一些让人耻笑的事。所谓痛苦、烦恼、寂寞、悲伤，到底是怎样的感受？要是直白地说出来，还不如让我去死。我明明了解它们的意思，却找不到一个大致相符的名词或者形容词来表达这些感受，只是一味地惊慌失措，最后还恼羞成怒，简直不可理喻。以前的女人常常被轻蔑为奴隶、没有自我的虫豸或是人偶，然而她们仍然比现在的我要好得多。她们有正面意义的女人味；遇事从容不迫；有足够的睿智能在忍气吞声的生活中过得如鱼得水。不仅如此，她们还以纯粹的自我牺牲为美，以彻底的无偿奉献为乐。

"啊，手艺不错，真是个天才按摩师！"

母亲又一如往常地拿我开玩笑。

"对吧？我这可是用心按摩的。不过我擅长的可不仅仅只有按摩，只有这个怎么够，我还有更多的长处哦。"

我把心里话坦诚地说了出来。就连我自己都觉得这些话听起来是那么爽快。这两三年来，我从未像今天这样单纯直率过。我兴奋地想，说不定在明确了解自己的状况、有所舍弃之后，才会获得一个内心平静而崭新的自己。

出于很多原因，今晚我想好好向母亲表达自己的感谢之情。按摩结束后，我又为母亲读了一段《爱的教育》①。她知道我平日还在读这类书，脸上果然露出了安心的神情。前几日我正在读凯塞尔②的《白日美人》，母亲轻轻从我手上把书抽走，瞥了一眼封面，表情瞬间黯淡下来。不过她什么都没有说，又马上把书还给了我。而我也因此有些不悦，不想再继续读下去了。母亲应该没有读过《白日美人》这本书，但似乎能凭直觉猜到书里是什么内容。在静谧的夜晚，我一个人大声地朗读着《爱的教育》，这时我忽然觉得自己的声音听起来很蠢，读着读着我就读不下去了，在母亲的面前忸怩起来。因为这夜晚实在太安静了，我读书的声音就显得格外愚蠢。每一次重读《爱的教育》，我都会像小时候初读此书时那样被书中内容所打动，自己的心似乎也变得坦诚、变得明净了，这样真好。出声朗读和用眼阅读的感觉差别很大，大到令人无话可说。每当我读到安利柯或是卡隆的部分时，母亲就会低头垂泪。我的母亲也和安利柯的母亲一样，是一位优秀而美丽的母亲。

母亲比我先就寝。今天她一大早就出门去了，想来已经是疲惫不堪。我为母亲盖好被子，然后把被子的边缘拍得严严实实的。母亲总是这样，一躺上床立马就会闭紧眼睛。

之后，我就到浴室去洗衣服了。最近我有个怪习惯，总是快到午夜零点的时候才开始洗衣服。把白天的时间花在洗衣服上或许会

---

① 意大利作家埃迪蒙托·德·亚米契斯（Edmondo De Amicis，1846—1908）所著长篇小说，讲述了小学生安利柯的成长故事。
② 约瑟夫·凯塞尔（Joseph Kessel，1898—1979），法国小说家，下文的《白日美人》为其代表作之一。

让人觉得有点儿可惜，不过事实可能恰好相反。透过窗户能看到外面的月亮。我一边蹲在地上哗啦哗啦洗衣服，一边冲着月亮静静地微笑，而月亮却佯装不知。忽然间我脑海中闪过一个念头：与此同时，在某个地方也有一个可怜又寂寞的女孩，也正洗着衣服，正静静地对着月亮微笑。在遥远乡下某座山顶上孤零零的一户人家中，一定有一个辛苦的女孩在这深夜默默地在后院洗着衣服；在巴黎后街一栋肮脏公寓的走廊上，一定也有一位与我同岁的女孩，一边独自洗着衣服一边冲着月亮微笑。我对此毫不怀疑，甚至那些场景都色彩鲜明地浮现在了我的脑海里，仿佛我已经用望远镜清晰地看到了一般。我们这些女孩的痛苦，到底有谁知道呢？成为大人之后再回忆起现在，或许会觉得这些痛苦和孤寂都显得极为可笑。但是没有人告诉我们，成为大人之前这段漫长而苦闷的岁月，我们又该如何度过。这难道是一种类似麻疹的疾病，除了放任不管没有其他办法？可是，有人因患麻疹而死，也有人因患麻疹而失明，放任不管是绝对不行的。我们这些女孩整日沉浸于忧愁与愤慨，而其中有些人最终走上歧途、堕落不堪，做出无法挽回之事，毁掉了自己的一生。更有甚者因一时冲动而自杀。可是我们都到了这个地步，世人却只会评论说，如果她们能再多坚持一段时间就好了，等她们长大之后自然就什么都懂了。无论旁人如何惋惜，对当事人而言，能感受到的只有痛苦而已。我们用尽全力忍耐，拼命想听清别人的声音，然而听到的却是老生常谈的、不痛不痒的教训。世人只是一味地安慰我们"没事的，没事的"，然后却总是把我们扔在一边丢人现眼。我们绝非信奉什么及时行乐，也明白"去攀登更高更远的山，在那里有更好的风景"是极其正确的建议。可是，我们如今正在剧烈地腹痛，却有人对这腹痛视而不见，只是一味告诉我们"再忍耐一下，登上山顶就好了"。肯定是谁搞错了，而且错的是你们。

洗完衣服之后，我清扫干净浴室，然后轻轻打开了自己房间的门。百合花香让人心旷神怡，仿佛连内心深处都变得透明起来，化作了一片"崇高的虚无"。我正在默默地换睡衣，一直睡得很沉的母亲突然闭着眼睛说起话来，把我吓了一跳。母亲有时候就是会这样，故意吓唬我。

"之前你说想要一双夏天穿的鞋，今天去涩谷的时候我顺便看了一下。现在的鞋也是越来越贵了啊。"

"算了吧，我现在不是那么想要了。"

"但是没鞋穿也不行吧？"

"嗯。"

明天应该也是一如往常的一天。我明白幸福一辈子都不会来临，但是，这不妨碍我怀着"幸福明天就会来到身边"的期望入睡。我刻意"咚"的一声重重地倒在被子上。啊，真是舒服。被子有点儿凉，我的后背感到一阵恰到好处的凉爽，不觉陶醉其中。一夜之后幸福才会来临——我朦胧中想起这样一句话来。怎么等也等不到幸福，终于忍无可忍冲出家门，然而第二天，美好的幸福就造访了自己所抛弃的家。可是为时已晚。一夜之后幸福就会来临。幸福……

院子里传来小可的脚步声，啪嗒啪嗒啪嗒。小可的脚步声很有特点。它的右前腿稍短一些，而且两条前腿呈 O 形，就像螃蟹一样，所以脚步声也让人感觉可怜兮兮的。它竟然半夜三更在院子里转悠，到底是在干什么呢？小可真可怜。今天早上我捉弄了它，不过明天我会好好疼爱它的。

我有一个可悲的习惯，不用两只手紧紧盖住脸的话就睡不着。把脸盖住之后，我躺在床上一动不动。

快要睡着的时候，那种感觉很奇怪，仿佛头被绑在线上的沉重铅块拉扯了一下，有点儿像鲫鱼或者鳗鱼用力拉扯钓线的感觉。等我真的昏昏沉沉就要睡过去的时候，这根线却松了一些，于是我一下子清醒过来；然后又被重重地拉扯一次，快要睡着的时候，线又松了。这个过程重复三四次之后，这股力量狠狠地将我再次拉入梦乡，这回就是一觉睡到天亮了。

晚安。我是没有遇见王子的灰姑娘。王子是否知道我在东京的什么地方？我再也无缘与王子相见了。